大家小书

风诗心赏

萧涤非 著 萧光乾 萧海川 编

北京出版集团
文津出版社

图书在版编目（CIP）数据

风诗心赏 / 萧涤非著；萧光乾，萧海川编 . — 北京：文津出版社，2020.9（2024.7重印）

（大家小书）

ISBN 978-7-80554-726-8

Ⅰ. ①风… Ⅱ. ①萧… ②萧… ③萧… Ⅲ. ①诗歌欣赏—中国 Ⅳ. ① I207.2

中国版本图书馆 CIP 数据核字（2020）第 105140 号

总 策 划：安　东　高立志　责任编辑：高立志　侯天保
责任印制：陈冬梅　　　　　装帧设计：金　山

· 大家小书 ·

风诗心赏
FENGSHI XINSHANG

萧涤非　著　萧光乾　萧海川　编

出　　版　北京出版集团
　　　　　文津出版社
地　　址　北京北三环中路 6 号
邮　　编　100120
网　　址　www.bph.com.cn
总 发 行　北京出版集团
印　　刷　北京华联印刷有限公司
经　　销　新华书店
开　　本　880 毫米 ×1230 毫米　1/32
印　　张　9.625
插　　图　8
字　　数　154 千字
版　　次　2020 年 9 月第 1 版
印　　次　2024 年 7 月第 2 次印刷
书　　号　ISBN 978-7-80554-726-8
定　　价　56.00 元

如有印装质量问题，由本社负责调换
质量监督电话　010-58572393

萧涤非先生在清华大学研究院
（1933）

萧涤非先生在青岛任山东大学
教授时留影（1953）

萧涤非先生拜谒巩县杜甫墓（1984）

萧涤非先生在他当年读书的开封留美预备学校（今河南大学）教学楼前，与三儿光乾合影留念（1984）

萧涤非先生与夫人黄兼芬女士携幼孙海川在山东大学校园（1989年春）

萧涤非先生在书房（1990年冬）

君四海赤子空懷一傷也悵失此一身

嗟時之人我嗟著所以見云迨再詳評

泗流根心去年少壁楚死後

之游　此王荆公美像詩也而二生之言

某书即此于兄人須有理想乃去同然顿首

塼州王安石研究會　萧涤非

一九八五年夏于济南

萧涤非先生手迹

吾觀少陵詩謂子元氣伴力能挽

天軼九地壯顏毅色不可求浩蕩八

極內生物豈不洞醲研丘細于巻殊

竟莫見以何雕鐫情哉句之窮顛倒

不見收書評老更斤錢走卅九州渡

妻倚㈠子什陵壤語賦森戈矛吟

戊戌廿年書門運之書

在山东大学纪念萧先生诞辰一百周年系列活动中，光乾、海川于海报前合影（2006年11月）

总　序

袁行霈

　　"大家小书"，是一个很俏皮的名称。此所谓"大家"，包括两方面的含义：一、书的作者是大家；二、书是写给大家看的，是大家的读物。所谓"小书"者，只是就其篇幅而言，篇幅显得小一些罢了。若论学术性则不但不轻，有些倒是相当重。其实，篇幅大小也是相对的，一部书十万字，在今天的印刷条件下，似乎算小书，若在老子、孔子的时代，又何尝就小呢？

　　编辑这套丛书，有一个用意就是节省读者的时间，让读者在较短的时间内获得较多的知识。在信息爆炸的时代，人们要学的东西太多了。补习，遂成为经常的需要。如果不善于补习，东抓一把，西抓一把，今天补这，明天补那，效果未必很好。如果把读书当成吃补药，还会失去读书时应有的那份从容和快乐。这套丛书每本的篇幅都小，读者即使细细地阅读慢慢地体味，也花不了多少时间，可以充分享受读书的乐趣。如果把它们当成补药来吃也行，剂量小，吃起来方便，消化起来也容易。

我们还有一个用意，就是想做一点文化积累的工作。把那些经过时间考验的、读者认同的著作，搜集到一起印刷出版，使之不至于泯没。有些书曾经畅销一时，但现在已经不容易得到；有些书当时或许没有引起很多人注意，但时间证明它们价值不菲。这两类书都需要挖掘出来，让它们重现光芒。科技类的图书偏重实用，一过时就不会有太多读者了，除了研究科技史的人还要用到之外。人文科学则不然，有许多书是常读常新的。然而，这套丛书也不都是旧书的重版，我们也想请一些著名的学者新写一些学术性和普及性兼备的小书，以满足读者日益增长的需求。

"大家小书"的开本不大，读者可以揣进衣兜里，随时随地掏出来读上几页。在路边等人的时候，在排队买戏票的时候，在车上、在公园里，都可以读。这样的读者多了，会为社会增添一些文化的色彩和学习的气氛，岂不是一件好事吗？

"大家小书"出版在即，出版社同志命我撰序说明原委。既然这套丛书标示书之小，序言当然也应以短小为宜。该说的都说了，就此搁笔吧。

心赏贵所高

萧光乾　萧海川

　　本书在"心赏"上，随情适性，不拘一格。并没有多么严格的体例，但也有几点需要说明一下：

　　第一，关于风诗。风诗，就是反映社会现实和民生哀乐的写实的诗歌，就是民歌和受民歌影响的诗歌，也就是"感于哀乐，缘事而发"的现实主义诗歌传统的文学珠玉。

　　《诗经》中"大部分是风诗，是老百姓的民歌"。风诗就是"风"。萧涤非先生说："什么是'风'？这便是《诗经》中的'二南'和'十三国风'，这便是汉魏六朝的乐府歌辞。一句话，这便是生动活泼的人民的语言——民歌。什么是骚和雅？这便是接近民歌受民歌影响的文人制作。"（《萧涤非杜甫研究全集》上编）黄节先生有《汉魏乐府风笺》，专指《相和歌》和《杂曲》。闻一多先生有《风诗类钞》，专指《国风》。萧涤非先生早年在清华读书，黄节先生开了六门课，对他影响最大的就是《诗经》和《汉魏乐府风笺》。因此，他的大学毕业论文《历代风诗选》，把从《诗经》以下直到清末黄遵宪，所有反映社会现实和民生疾苦的诗，做了一番检查。孤儿寡母之哭声，沧浪黄泉之叹息，在他心里留下不泯的印象。由此先生研究古典诗歌主要侧重于风诗，并树起他一生学术研究的两座高峰：汉乐府和杜甫诗。从《风诗类钞》《汉魏乐府风笺》到《历代风诗选》（及其研究院毕业论文《汉魏六朝乐府文学史》），呈现出一种继承与创新的顺延的关系。风诗以忧患意识为风标，乃"发愤之所为作"者，是中国历代诗歌的精华，"为后世创造性文学的源泉"（范文澜《中国通史》），"可当社会史料、文化史料来读，对于文学的欣赏只有帮助无损害"（《闻一多全集·风诗类钞·序例提纲》）。风诗传统，源远流长，足可赏鉴。"一件东西之所以能够流传很久，往往不是因为它复杂，而是因为它简明。""背后却有很深厚的积淀。"因此本书编辑的思路是在通俗性前提下，力求为普通读者在有限范围内显现风诗从古代到当代一脉相承的粗线条轮廓。主要选录萧先生有关汉魏六朝隋唐宋以及当代风诗名篇的鉴赏文字，金元明清部分尚未发现有先生的赏析，暂付阙如。

第二，关于心赏。心赏，本谓心所爱乐也。谢灵运诗：

"满目皆古事，心赏贵所高。"这里取自萧先生诗《哭朱自清先生》："敢云心赏绝，实有意寒时。"此两字唐人常用。张九龄诗："良辰不可遇，心赏更蹉跎。"白居易也有"心赏期在兹""可怜心赏处"之句。萧先生说，卢思道《从军行》"此篇固唐人之所心赏者"。心赏，这里就是欣赏，就是用人道的精神、历史的观点、科学的方法去解读写实作品。萧先生说："分析、理解是欣赏的基础，有时它本身就是欣赏，比如你解释得对，有说服力，读者都点头，这就是欣赏。"（吴明贤《恩师萧涤非先生二三事》）这主要是从对面、从效果来说的。从自身的过程而言，萧先生的心赏风诗，和杜甫的"亲风雅""近风骚"正相一致，就是要向民歌学习。杨伦《杜诗镜铨》说："惟设身处地，因诗以得其人，因人以论其世，虽一登临感兴之暂、述事咏物之微，皆指归有在，不为徒作。"这就是以诗为主的知人论世法。其关键在于"设身处地"，就是"感情移入"，推心置腹地与诗人做思想情感的交流，达到"但觉为吾诗，而忘其为子美诗也"的境界。清人浦起龙《读杜心解》说："摄吾之心印杜之心，吾之心闶闶然而往，杜之心活活然而来，邂逅于无何有之乡，而吾之解出焉。"这就是心赏。然而诗歌乃是一种情感的东西，浅尝辄止，易存一种玩忽诗歌之心，所以推究先生之心之所以爱乐风诗者，"乃将以启发人之善心，使百姓同归于和，而非以满足个人耳目之欲望"（萧涤非《汉魏六朝乐府文学史》）。就是培养人的爱国主义、民族气节、人道精神和忧患意识，而不仅仅是个人审美感受。这也就是闻一多、朱自清两先生倡导的"用白话注解古典文学"的学术研究通俗化的路子。余冠英先生说："朱自清先生曾提倡用白话注解古典文学，他自己曾作过《古诗十九首释》。闻一多先生也曾经发愿要做这样的工作，他的《风诗类钞》里的一部分注解是用白话作的。本书注释曾参考他们的方法。"（《乐府诗选》）让风诗的情影，在今人的心赏中鲜活起来，弘扬中华民族优秀文化传统，发展先进文化。这就是本书编选的目的。

第三，关于编排。古往今来，鉴赏体式林林总总。袁行霈先生《历代名篇赏析集成·序言》说："宋代以后的诗话、词话以及戏曲、小说的评点，大多以鉴赏为主要内容。""考据和批评的作用在于帮助鉴赏。"本书正文为历代风诗心赏二十八篇，按当初发表或在中央人民广播电台、山东电台播讲的原稿编入。先生学识渊博，治学严谨，向以"辞章优美"为人称道。故非甚有碍，不加点窜，以存真相。但个别地方，据原意在文字上稍作技术性处理，不是擅改。其中谈《孤儿行》《春夜喜雨》《江畔独步寻花》是先生为培养而与光乾合作的。谈《东门行》（本词）和《耒阳溪夜行》两篇是我们最近用先生原文改写的，如有不妥，我们负责。谈杜诗的有十四篇，杜甫热爱民歌而且学得最好。《秋兴》和《登高》为合作，分别由刘乃昌、王洲明先生执笔，《漫成一首》《阁夜》两篇，是光乾因家学熏陶和工作关系而撰写并公开发表过的，作为纪念就都收入了。刘禹锡的诗清新通俗，富有民歌特色，在唐诗中别开生面，这里谈了七篇。蔡清富教授说："讲解毛主席《贺新郎·读史》词作的文章，不下数十篇，但以萧老的最好，故将其选入了《名家赏析》中。"毛泽东同志作为伟大诗人的诗词创作，是中国革命的诗史，无论在理论或实践上都是主张学习民歌或受民歌影响的，故作为当代风诗，选析他的这篇上乘之作。

第四，关于写作。萧先生写鉴赏里面有他的人在。这是最突出的一点。虽然"最要紧的是把该作品吃透"，但却"非徒注目游心于文字之间"。例如他学术性论文的绝笔《学习毛泽东〈贺新郎·读史〉》，是在相濡以沫五十三年的老伴刚刚去世，身体状况、生活条件大不如前的情况下，足足写了一个月，连春节都没过，有时甚至破戒抽了烟才写成的。老友臧克家先生在病榻读到这六千字，眼泪欲流，感慨万千。我们从中不仅可见他的史识、学养、沧桑之感，更依稀可见他力疾伏案的身影，他的顽强！又如《谈左思的〈娇女诗〉》，李剑锋教授指出："从形式上来看是一篇赏析文章，但事实上是一篇因学术含量高而将传之不朽的学术论文。""到今天为止，学术界对《娇女诗》的整体理解基本上还没有走出萧先生的视野。"（《萧涤非先生在魏晋南北朝文学研究上的贡献与启示》）其实这里面也深含他抗战期间幼女夭亡之悲和终无女可念之叹。这就是"先生为人做事的讲究、重情和细致"（王洲明《萧涤非先生〈汉魏六朝乐府文学史〉的方法论意义》），他治学和为人的高度一致性的明证。所以写鉴赏往往是检验一个人学术与人品高下的试金石。林继中先生说："赏析往往是'软考证'，是活的考证，是对诗心的准确把握。"还说："我还想提醒读者注意，萧先生的乐府研究，对作品的艺术鉴赏是很独到的，本身就有很高的价值，决不可轻易放过。"（《萧涤非说乐府·导言》）确是经验之谈。陈祖美先生"比之以'用钢琴演奏通俗歌曲'，实非率尔操觚者所能奏效"（《萧涤非先生风范小识》）。前年（2006），萧涤非先生百年诞辰，山东大学隆重举行了一系列纪念活动，大家赞扬他以心血治文、坚持实事求是的严谨态度，肯定他爱国爱民在学术研究上的不朽贡献。这是大家对他的心赏，我们深受教益。

第五，关于章法。浦起龙说："解之为道，先篇义，次节

风诗心赏

义，次语义。"准此，本书正文部分，一般先介绍作者、本事、背景、诗旨；再顺序串讲，随文注解；最后小结思想艺术特点或值得研究的问题。但各篇结构，或有小异，可免千篇一律之虞。倘若"偏遇艰处奥处，不肯一字放过，不敢一言率率"，尽量寻根究底，提出意见。这也就是闻先生《风诗类钞》说的"以串讲通全篇大义。自上而下依次解释的直贯读法"。

第六，关于方法。二十多年前，刘国盈先生就说："名家析名篇可宝贵的，是注重导之以方法。如知人论世是分析文学作品的重要原则，如何把人、世和具体作品结合在一起进行，萧涤非先生所写的《谈〈石壕吏〉》是很好的范例。"（《名家析名篇·前言》）和杜甫诗一样，风诗也有两个最显著的特点，就是"真"和"大"。从鉴赏来说，所谓"知人论世"也可以说就是"求真求大"。所谓"求真"就是有真情，关注平民灵魂。萧先生早年说过："关于'知人'这层，我以为最好是多从人伦和日常行事一方面去着眼，去下手。因为这正是人格性情具体表现和流露处。"如杜诗《自京赴奉先县》写夫妻情爱，那是何等样的深厚！"三吏""三别"写人民在极端苦难中的爱国精神，又是何等样的赤忱！林继中先生说："杜甫的'真'，反过来又强化了萧先生求真的执著。这种执著，有时颇近冷峻，使一些人至今不释。"并总结道："萧先生治学，自《历代风诗选》《汉魏六朝乐府文学史》至《杜甫研究》，无不倾情于'平民文学'，而一以贯之的便是这种求真的精神。"（《直取性情真——怀念萧涤非师》）"求真如痴"（李从军语）。

所谓"求大"，就是有大气，关注社会现实、民生疾苦的各个方面，也就是鲁迅先生说的，顾及全篇、全人及其所处的社会状态的"三顾及"。萧先生说："所谓论世，这在我的意思是指'足以观风俗，知薄厚'，描写社会病态的一类诗歌。"例如他对《又呈吴郎》的赏析，令人至今读来"仿佛还能听见诗人杜甫当时心脏怦怦然的跳动"。这就是有大气，就是以人道主义看社会炎凉。林继中先生曾说："此种由此及彼、由表及里的推导功夫，最具大气。"他认为："萧先生的大气，正体现在能以大观小，以小见大，于平实中见博大精深。"而且"这种理论勇气更多的是体现在平常的做学问中"。（《萧涤非说乐府·导言》）最近，他指出：三十年前，1978年，萧先生以耄耋之年主编《杜甫全集校注》，十三年间曾两次亲率校注组远行六省，考察杜甫遗迹，"展现了一种全新的观念：在实地考察中，盘活文本与文献资料"（《萧涤非与杜诗学的现代转型——纪念萧先生诞辰一百周年》），很有见地。但事实上如果像鲁迅先生说的那样："大家去谒灵，各自想拳经。"恐怕再好的观念也可惜了。萧先生说："吾人纵不能为老杜之大，犹当效法其'真'，则于诗之一道，庶几有所得乎。"这对于浏览本书的朋友，或许不无借鉴的意义。

第七，关于手法。除了校勘、训诂、考据等一般的而外，萧先生习惯用比较。他说："比较，确是一个很好的容易说明问题的研究方法，但要做到恰到好处也颇不容易。"比如说汉乐府表现的女性大都温厚贞庄，以礼义为情感之节文，而南朝多写男女相悦之妖冶娇羞、北朝女性的决绝刚劲、泼辣无比，歧然不同；说曹植《美女篇》唯杜甫《新婚别》可以伯仲等等，便是比较的结果。他如杜甫与唐彦谦的诗等，都有比较。萧先生还说："我们不仅可以在同类作品上进行比较，对作家的思想也可以做比较。前人就曾比较过杜甫和白居易的世界观。"

再是"从词语入手"。这里指的不是一般的训诂，而是"足以发明言外之意"，那超出文字蹊径以外的妙旨精义。"在诗人'欲说还休'的地方，在没有文字的地方，读出文字来！"如《望岳》首句的"夫"字，《春夜喜雨》"随风潜入夜"的"潜"字，《江畔独步寻花》"稠花乱蕊裹江滨"的"裹"字，"萧先生体会到了文字表面背后的感情色彩"，"读出新意，读出体会"（王培元《抉隐发微 以小见大》），而且符合古人语言习惯。"细心的读者会发现，以语词解读破译古文学，乃先生治学之利器"（林继中《萧涤非说乐府·导言》）。《杜诗镜铨》说："知诗外自有事在，而但索之于语言文字间，犹其浅也。"不无道理。

至于"明体"，也是鉴赏要注意的。所谓明体，一指作者创为的新体，如庾信《乌夜啼》"为后来七律之滥觞"。一指作者擅长的诗体。例如杜甫是写七律的大师，同时杜甫"最有价值的古典现实主义作品几乎全部都是属于民歌式的古体诗"。诗体不同，读法各异。如《茅屋为秋风所破歌》"何时眼前突兀见此屋？吾庐独破受冻死亦足！"就是"通过这种不和谐的突兀的诗句来表达他自己突兀的感情"。还有"声律实在是近体诗和词的生命线"。诸如此类，我们也不能遗置。

第八，关于读法。闻一多先生很重视读法。本书的读法是心理学的，审美读法。一要吟咏。白居易《山中独吟》有两句诗："高声咏一篇，恍若与神遇。"真是声情摇曳，怡然自得。萧先生曾说："只要口舌清闲，只要无人独自，我大概就会哼到诗上去。差不多随时随地你都可以找到适合你的情绪的作品来咀嚼涵咏，或长歌当哭。"又说："文学诗歌，贵乎涵咏。"二要"尚友"。杜牧诗云："杜诗韩笔愁来读，似倩麻姑痒处搔。"读诗除了通晓文意，感同身受，更重要的是从诗人的身世遭遇、喜怒哀乐中知道读诗的你面对现实所可取的人生态度、处世方法等。这就是尚友：和诗人们班荆道故或倾盖交谈。三要体验。古人就有"三不读杜"的说法。宋人王直方说："不行一万里，不读万卷书，不可看老杜诗。"明人陈继儒又加上一条"不过五十岁"，说："少年莫漫轻吟咏，五十方能读杜诗。"这话无非是说要注意情感体验、人生的积淀。不能呆看。四要耐心。风诗"它本来就是耐人寻味的，不能性急"。所谓耐心，就是要经常地虚心和细心。眼光不能太浮也不能太滑。萧先生说："赏鉴能力的问题，是不能勉强、不能躐等的。"所谓躐等，就是超越阶段，不按步骤。只能逐步提高。杨万里说："一卷杜诗揉欲烂，两人齐读味初深。"就是这个道理。五要审美。因为诗歌语言是美的、精练的、含蓄的，因而本身具有"未确定性"，因之读者"'以意逆志'不是任意的，而是必须依据文本提供的信息去体验作者本意"（《萧涤非与杜诗学的现代转型——纪念萧先生诞辰一百周年》）。所以审美的差异性，见仁见智，随情适性，丰富多彩，是相对而言的。审美的同一性，即心赏的和谐性，是绝对的。一般说来，审美价值的取向，不应与文本的人民性、现实性相矛盾。即便"和而不同"也是美的。编辑先人遗著，寝食俱废，枯颜吊影，"庶先人于千载之上，犹如晤语也"。但能力所限，疏漏舛误之处一定不少，敬请海内专家和读者朋友，不吝指教！

谨述于济南山大东区新校3号楼

2008年3月25日

2008年4月9日修改

目　录

风诗心赏

非敢望解颐（代前言）

十年前，我曾在《〈杜甫研究〉再版漫题》一诗中说："嗟予幼学杜，今已逾古稀。岂无分寸功，所得亦已微。虽名曰研究，其实无发挥。赋此聊志愧，非敢望解颐。"这是我的心里话。我始终不愿意谈自己的什么治学经验这类问题，因为我觉得自己并没有搞出什么成果，没有什么可谈的。有些共同性的东西，人所共晓，也用不着重复。因此有同志来采访，我向不多谈。现在光乾应约写我的传略，坚持要我说一下治学的体会。粗粗想来，大概有这么几点。

第一，注重理论的学习和运用。在治学上这是个首要问题，没有正确的理论做指导，是行不通，也搞不好的。如果说我那本写于新中国成立前的《汉魏六朝乐府文学史》还不无可取之处，那也是由于得到《文心雕龙》"文变染乎世情，兴废系乎时序"这两句话的启发。因此，解放初期，我感到迫切需要学习马列主义、毛泽东思想，尤其是关于文艺理论方面的书籍。这方面的学习使我眼界大为开阔。在《杜甫研究》中敢于用较大的篇幅来分析叙述杜诗的艺术性，并专辟了《杜诗的体裁》一章，指出"杜甫的伟大，不是从天而降，而是来自人民"，"人民的血泪灌溉了杜甫诗的园地"，"杜甫之所以能在某些方面突破儒家思想，主要是由于他的接近人民的生活实践"。这些论述，我以为还是比较恰切的。在实践中，对我影响最深的，还有鲁迅先生如下一段名言："我总以倘要论文，最好是顾及全篇，并且顾及作者的全人，以及他所处的社会状态，这才较为确凿，要不然，是很容易近乎说梦的。"这是鲁迅先生现身说法的经验之谈，具有普遍的指导意义。

第二，熟悉研究对象。比如研究一个作家，首先就得熟悉这作家的全部作品，越熟越好越有用。我自己对汉乐府就很熟，像《孔雀东南飞》这样一千多字的长篇，至今还能背诵，对杜诗也大都如此。举一个例子来说明熟悉对象的好处，杜甫《新婚别》有这样两句："生女有所归，鸡狗亦得将。"仇注是这样解释的："嫁时将鸡狗以往，欲为室家长久计也。"这显然是错误的，不近情理，不合事实。所以杨伦的《杜诗镜铨》不同意仇氏的说法，改注为"用谚语"。但因为"嫁鸡随鸡，嫁狗随狗"的谚语，宋时才有记载，唐代却找不到文献上的依据，所以杨伦也只能虚晃一笔，这是不能折服仇氏的。我最初也没有找到，但却径直地注上"即俗语所谓嫁鸡随鸡，嫁狗随狗"。这也是不科学的，所以总觉得有些慊然。后来，无意中在王建诗里发现"我身不及逐鸡飞"之句，我不觉大喜，因为它证明唐时确有这一谚语。由此可见，如不熟悉研究对象，有些有用的材料也会当面错过。至于前边说到的"以杜解杜"，如不熟悉全部杜诗，就也谈不上。

至于如何才能比较好地熟悉研究对象，我认为最好是对研究对象有热情，感兴趣，以至于爱得入迷。曾有同志要我谈谈几十年来治杜诗的甘苦，我觉得，对于一个治杜诗的人来说，是无所谓甘苦的，都是甘，不觉得苦。对杜诗的热爱就要有一股废寝忘食的傻劲，常常是因为思考杜诗中的某个问题而寝食不安，如偶有所得，就是半夜三更也要起床把它记录下来。一些诗句我确是在暗诵若干遍后，深思熟虑才懂得的。如《观公孙大娘弟子舞剑器行》序中"玉帽锦衣，况余白首"两句，前人读不懂，有的说上下文不接气，有的还要改动原文。我开始也读不懂，但却迷上了这个问题，经仔细玩味，才渐渐懂得这是杜甫"以诗为文"，省去了公孙大娘这个主语，其实是说，那时我尚童稚，而公孙大娘已是一个妙龄女郎，现在连我都白了头，公孙大娘就更不用提了。我很欣赏王国维在《人间词话》中引用宋词来比喻做学问的三种境界，特别是其中第二种境界，对于每个搞学问的人来说，没有"衣带渐宽终不悔，为伊消得人憔悴"那种忘我的热情，是不可能做出什么成就的。

第三，掌握博与专的辩证关系。我的治学，从纵的方向看，由《历代风诗选》到《汉魏六朝乐府文学史》再到《杜甫研究》，是由博而专的。但从横的方向，从某一书的具体研究情况看，却又是由专而博的。可见专离不开博，也无不博之专。当年黄节先生给我那篇乐府史论文下评语，就有"取材甚富"，"此非全观诸家作品，不能有此确证"，"可知著者统观兼营，方能辨别如此之确当"等语，正表明了这一点。当然其中也包含着先生对我的鼓励。后来，研究杜诗也是这样进行的。博与专是相辅相成、互相促进的。博是重要的，不博，也就不能成其所谓的专。但二者之间，也有个先后次序问题。应以专为先。

第四，教研结合。我的著作，大抵经过了先开课，后发表，再出版这么三步。我认为这样做很有益处，因为可以收集到同学们的反映和读者的意见，特别是课堂讲授，是一个严峻的考验，也是一个提高水平的有利条件。所以，在高校乃至中小学校从事教学的同志，最好把自己的科研项目和学校的必修或选修课的课堂教学结合起来。

第五，严谨认真。这应是在教学、科研以及行事上的一贯作风。没有把握的东西，从不发表；要发表的总要有点新意；对于已发表的，如无足够论据推翻，也绝不轻易改变。"文革"中，我曾宁肯发誓不再谈杜诗，也绝不随风转舵，人云亦云。"实事求是"也是一个学者应有的品德。所以如果自己确实错了，就毫不含糊地加以改正。我最反对说空话，注重言必有据。前时某些理论研究文章，满纸新名词、新术语，十分艰深晦涩，让人看不懂，这种文风要不得。我们研究中国文学，就应面对中国文学实际，从实际出发提出问题，并认真加以研讨解决。引用外人的理论观点，引进新名词、新术语，是为了更好地解决问题，而不是为了其他，像苏轼讥评扬雄那样"故作艰深以文其浅陋"。

我一向最讲究"认真"二字，最厌恶最不能容忍的，是那种粗枝大叶的马虎作风。有时，对光乾的写作提意见，他说，我的认真，简直有点近于"苛刻"，一时叫人受不了。然而，事实上是他最受益的地方。他还说，特别是当他看到我带病伏几，时而用毛笔勾画，时而用钢笔增补，那个比他自己写作还要呕心的认真劲，他的恼火没有了，真服了我了。可见认真是做学问应有的品格，对于青年人的成长也是一个很重要的锻炼。我的几个研究生也都有这个体会。不只是写作，认真还在于处处为读者着想。文章是写给别人看的，读者想知道什么，你要告诉读者什么，都应当讲明白，否则就是害人。所以，有编辑同志说，就连我的手稿，也都誊写得清清楚楚。我录取研究生，也把是否认真作为一条重要标准。我早年说过："永念先师故，未欲一字苟。"这话就很可以用来概括我的治学态度。

1990年

（本文原为萧涤非先生为《萧涤非传略》以作者口吻亲笔增补的一节，现恢复为先生自述。见《二十世纪的杜甫》，华艺出版社2006年版；《萧涤非杜甫研究全集》上编，黑龙江教育出版社2006年版）

追求生存尊严的绝唱
——谈汉乐府《东门行》

　　出东门，不顾归。来入门，怅欲悲。盎中无斗米储，还视架上无悬衣。拔剑东门去。舍中儿母牵衣啼："他家但愿富贵，贱妾与君共铺糜。上用仓浪天，故下当用此黄口儿。""今非咄行，吾去为迟。白发时下难久居！"

　　这首汉乐府民歌《东门行》本词，是风诗精英中的精英，是写实诗歌传统的奇葩，是追求生存尊严的绝唱。字字千钧，撼人心魄。

　　汉乐府民歌继承并发扬了《诗经》的现实主义精神，开创了以"感于哀乐，缘事而发"为特色的现实主义诗歌传统。通过汉乐府民歌，我们可以听到当时人民自己的声音，可以看见当时人民的生活图画，可以想到当时社会全面真实的现实状况。汉代社会土地兼并剧烈，一方面富贵人家生活奢华，另一方面广大农民受到的剥削和压迫又极惨重，生活异常痛苦。《汉书·食货志》就有"贫民常衣牛马之衣，食犬彘之食"的记载。毛泽东同志指出："中日从秦末陈涉大泽乡群众暴动起，到清末义和拳运动止，二千年中，大规模的农民革命运动，几乎没有停止过。""有相同的一点，就是极端贫苦农民广大阶层梦想平等自由，摆脱贫困，丰衣足食。"（转引自逢先知等《毛泽东的读书生活》）这首《东门行》正是通过叙述一个下层平民家庭的悲剧，从一个侧面反映了当时社会这种不平和民生疾苦的现实。它写的是一个善良本分却陷于生活绝境的穷汉子，为求生存，求告无门，忍无可忍，被迫"犯上作乱"，起来反抗的过程。

全诗十五句，七十八个字。字字血泪，语语至情。中心就是"拔剑东门去"。全诗围绕着这一中心事件展开。为了便于理解，我们把它分为三层。

第一层前七句，是起因。点题旨。运用叙述的语言，和动作、环境的描写，形象地揭示了这个穷汉子作为丈夫从一再反复，犹豫不决到终于面对无以为生的现实，决心选择铤而走险起来反抗的曲折过程。

开头四句，一出一来，写丈夫的犹豫和反复。这种心理

　　　　　　　　　　　　风诗心赏

矛盾，折射的是家庭存亡的两难抉择的现实。出，走出。《诗·郑风》："出其东门。"不顾，义不反顾，在道义上只可勇往直前，不容徘徊退缩。所以说"不顾归"。《史记·司马相如传》："触白刃，冒流矢，义不反顾，计不旋踵。"来，回来。"怅欲悲"，惆怅失望，悲痛欲绝。为什么呢？因为现实的冷酷与感情的热切，实在反差太大了，令人难以承受。他本来出于道义不计后果，愤然而出走，为生计而要去冒险寻找活路。但在感情上又实在放心不下家中妻儿，所以又再转身回家看看，或许还可能有活下去的别的方法。可是回来一进家门，失望至极。"怅欲悲"这一句便隐含了丈夫懊悔自己犹豫不前再回来的苦衷。

"盎中无斗米储，还视架上无悬衣。"这一细节的描写，表现这个家庭已然无食无衣，饥寒交迫，陷入绝境。这两句很重要。是主人公走上反抗道路的正义性和作品思想性的现实基础。盎，口小腹大的瓦器。米罐里没有一点果腹充饥的米，衣架上没一件遮体御寒的衣，真是一贫如洗，家徒四壁，空空如也，毫无着落。这般穷困，一家子还能活吗？

丈夫的懊悔和自责更为强烈，还有什么可犹豫的呢？不禁怒火中烧，忍无可忍，愤然"拔剑东门去"！要为挣扎在死亡线上的妻儿找一条活路，要向这不公平的社会讨一个公道。丈夫由迟疑转而坚定，痛下反抗的决心。注意，这里不说携剑、带剑，而说"拔剑"。拔剑，就是抽剑出鞘。《史记·项羽本纪》："项庄拔剑舞，其意常在沛公。"《战国策·韩策》："严遂拔剑趋之，以救解。"杜甫诗："拔剑击大荒。"这是一个壮怀激烈的举动。寓含着丈夫身为一个堂堂的男子汉，竟然落到不能养家糊口这凄惨地步的强烈义愤。在结构上，"拔剑东门去"这一句，不仅是诗眼，全诗的点题之句，也是承上启下的过渡句。可以属上，也可以属下。以往皆属下，这里为便于理解属上文。这一出一来又一拔，一连串的行动正表现出丈夫内心的激烈矛盾和巨大变化，恰到好处地引起下文，妻子的劝阻。

第二层中间五句，是故事的发展，情感的高潮。运用动作、主要是语言来描写妻子安抚、劝阻丈夫的激愤行动。可见她的忠贞善良的美德。她从感情上真真是不愿意眼睁睁地看着丈夫为了一家人的生计而去冒险丧命，真真是"君今往死地，沉痛迫中肠"啊！她的内心也承受着不能承受的生离死别的情感煎熬。

"舍中儿母牵衣啼"。舍中，家里。这"儿母"，孩子和他妈，指孩子和妻子。"牵衣啼"三字，凄惨之至，催人泪下。读来如见杜甫《兵车行》"牵衣顿足拦道哭，哭声直上干云霄"那样的惨状。"他家"，如同我家、是家，汉时人口语。当时称"家"，确含尊意。但，只。贱妾，古时妻子自称。如《孔雀东南飞》："君尔妾亦然。""铺糜"，吃粥。但这其实也只能是一种善良的心愿而已。盎中无米，又如何铺糜，事实上已是不可能的。"他家但愿富贵，贱妾与君共铺糜"二句值得玩味，固然表现了善良的妻子通情达理、患难与共的至爱，但含有更深刻的社会内容，那就是当时社会贫富悬殊，两极分化、分配不公的严重现实。这一点可以从都是收录在《相和歌辞》中却专写富贵之家的《鸡鸣》《相逢行》《长安有狭斜行》诸诗得到印证。如《相逢行》："黄金为君门，白玉为君堂。堂上置樽酒，作使邯郸倡。中庭生桂树，华灯何煌煌"等等。可见一边是富贵家庭的奢侈豪华、锦衣玉食、妻妾成群，一边却是穷困平民饥寒切身，举家待毙，连自己的妻儿都无法养活。一如天堂地狱之别。

妻子在表达了自己"共铺糜"的心意之后，更进一步用天道人情劝慰丈夫。"上用仓浪天，故下当用此黄口儿。"真是百般安抚，用心良苦。上、下，对上、对下，方位名词用作状语。如杜甫诗："上感九庙焚，下悯万民疮。"用，为。仓浪天，犹苍天、青天。需要指出的是，"故"，特也，这里是特别、尤其的意思，表示进一步的强调。应属下句。如《世说新语·政事》："陆抗时为江陵都督，故下请孙皓，然后得释。"这个"故"字，现在的读法大都是属上句，读为"上用仓浪天故"，故，做原因讲，与"用"照应，意思虽可通但却失之浅薄，恐非本意。黄口，本指雏鸟，此指小儿。《淮南子·氾论训》："古之伐国，不杀黄口。"古人迷信，以为上天能降祸赐福于人，因而杀人者必将牵连后人得到报应。所以这里用"故"字加以强调"天意难违"的后果，意谓尤其应当为咱们的幼子考虑啊，以免孩子遭上天报应。这话说得很重，也切中丈夫的心思。妻子的这一番如泣如诉、天道人情的苦口劝解，很能打动人，但却毕竟不能代替现实，现实是妻儿老小一家人已经活不下去了，已经在死亡线上了，已经是遭了厄运了。这也就是《诗经·唐风·鸨羽》里"悠悠苍天，曷其有所"（老天呀老天！哪天小民得安身？）那般的呻吟呼号。还有什么可顾虑的呢？没有了，只能是死里求生了。这也就是下文丈夫向妻子做解释的道理之所在。

　　第三层是末三句："今非咄行，吾去为迟。白发时下难久居！"是丈夫回答妻子的话，是推心置腹向妻子反复解释自己的决定的真心话，是反复劝慰爱妻的动情话。丈夫听了妻子的一番肺腑之言，应当是深有触动。但他面对无食无衣、无以为生的现实，又没有什么别的法子活下去。所以，铤而走险、"犯上作乱"就成了他这个家庭死里求生的唯一选择，剑已拔出，出东门的决心无法动摇。但妻子这一番发自肺腑的至情言语，毕竟深深触动了他，但也更激起他为善良的妻子、为无辜的孩儿出去寻一条活路的决心更加坚强。所以他反过来耐心抚慰、解释，取得妻子的理解。

"今非咄行，吾去为迟。"这两句反过来劝解妻子不要再阻拦他了。意思是说，你不要再说了，也别再拦我了，我一再犹豫，已经没有时间了，现在如果不快走，我就真的赶不上了，我已经迟到了。黄节先生《汉魏乐府风笺》说："谓今非咄嗟之间行，则吾去为已迟矣。"又"吾去为迟，即'出东门''来入门'"。同时也照应上文"牵衣啼"。

这里有两点值得注意：一是句法。黄老先生把"今非咄行，吾去为迟"这八个字，理解为古汉语语法结构中常用的表示假设关系的句法。非常恰切。如《史记·项羽本纪》："今不急下，吾烹太公。"（这是项羽抓了刘邦的太公，为高俎，置之其上，逼刘邦退兵时说的话）又如《史记·高祖本纪》："今不下宛，宛从后击。"（这是沛公西进时张良劝谏他的话，说如不先攻下大宛国，那么大宛国就会从背后袭击我们）再如《三国志·魏志·武帝纪》："今不去，必为后患。"类似的例子很多。二是字法。首先"今非咄行"

的"非"字，这里解作"若非"。不是一般地用作否定，而是古汉语中的特殊用法，用于假设。如《庄子·秋水》："吾非至于子之门，则殆矣。"又如《晋书·陶侃传》："非卿外援，我殆不免。"杜甫诗中更多，如"非子谁复见幽心""非君爱人客，晦日更添愁"等等。其次"咄行"，犹如"嗟行、咄来、嗟来"，作为汉人口语，是一个词，乃"咄嗟行"的省文，犹言"咄嗟即办"，也就是马上就走。这也是符合古人语言习惯的。如阮籍《咏怀诗》："咄嗟行至老，僶俛常苦忧。"徐仁甫《广释词》："谓俄顷行至老。"等等均可为证。此外，"吾去为迟"可作省语"吾迟"，亦汉人口语。如《古艳歌》："三日载匹，尚言吾迟。"总之，"今非咄行，吾去为迟"这一读法比较圆通，无须破句，上下语气紧相呼应，语意完整，符合诗意。作为丈夫向牵衣啼哭、苦苦相劝的妻子解释自己所做决定的话，揆之情理，俱更妥帖。

接下来，丈夫又对自己的决定向妻子耐心做了进一步的解释："白发时下难久居！"丈夫的这一句话，既饱含丈夫的深情，又非常有男子汉的大气。不出去找条活路，不要说孩子，就连我们自己又能活多久呢？说得斩钉截铁，又有情有义。说明自己的决定实在是出于无奈，没有办法呀。看似无情却有情。黄节先生笺："《尔雅》：'下，落也。'"又"发白且落，不可久处矣"。这句诗的意思值得深味：你看，我们都熬不下去了，熬白了的头发都经常大把地脱落，就是我不去待在家里，咱们也活不下去呀，与其等死，不如出去试试，兴许还能找条活路。诗到这里，戛然而止。这一家人的命运如何，真是令人牵挂。这也正是"篇终接混茫"的艺术魅力，给人无限的想象的空间，耐人寻味。

掩卷沉思，忽然想起杜甫"不为困穷宁有此"的诗句，又想起司马迁写陈涉决定起义"今亡亦死，举大计亦死；等死"的话。真是希望这丈夫找到活路，这一家人能生活下去，而且子子孙孙都能幸福美满。当然，即使反抗失败了，他们为追求生存尊严、社会公平而奋起反抗的斗争精神，同样具有不朽的意义。这就是这首诗的思想价值所在。因为事实上，在中国封建社会里，地主阶级对于农民的残酷的经济剥削和政治压迫，迫使农民多次地举行起义，也只有农民的这种反抗斗争，才是历史发展的真正动力。这首诗肯定了封建社会贫苦百姓为求生存反抗压迫剥削的正义性和同情下层平民遭受情感煎熬与生活穷困的人道精神，是中国古典诗歌中罕见的精品。千百年来，杜甫发出了"必若救疮痍，先应去蟊贼"的强烈呼声，毛泽东唱起了"盗跖庄𫏨流誉后，更陈王奋起挥黄钺"的热情颂歌，都可以看作是对这首汉乐府民歌的思想意义的历史回应。

这一思想价值，只要拿晋乐府所奏的那首古词相对照，便可以看得更为清楚。经过增改的晋乐府所奏的古词为：

> 出东门，不顾归。来入门，怅欲悲。盎中无斗储，还视桁上无悬衣。（一解）拔剑出门去，儿女牵衣啼："他家但愿富贵，贱妾与君共铺糜。（二解）共铺糜，上用仓浪天，故下为黄口小儿。今时清廉，难犯教言，君复自爱莫为非！（三解）今时清廉，难犯教言，君复自爱莫为非！""行！吾去为迟！""平慎行，望君归！"（四解）

两相对照，增改的痕迹非常明显。这一增改，几乎要改变汉民歌的性质，所以《中国文学史》（游国恩、王起、萧涤非、季镇淮、费振刚主编，人民文学出版社2002年版，修订本第一册第185、186页）曾说："这首民歌曾为晋乐府所奏，但添上了'今时清廉，难犯教言，君复自爱莫为非'一类的封建说教，又抽去了'白发时下难久居'，换上'平慎行，望君归'这样一条温柔敦厚的尾巴，这就把一个逼上梁山的老百姓涂改为后来一般评论家所说的贫士，大大削弱了诗的意义。"现在看来，这话还是接近真实的，值得尊重。十分明显：两者有着本质上的不同。因此，所谓本词"今非"二字间"疑有脱文"，所谓用晋古辞来"校勘"汉本辞，都势必抹杀汉本辞的思想价值。适如梁启超先生所言："所添之句殊拙劣，且或与原词文义不属。""都是狗尾续貂""误人不浅"。

这首诗的艺术价值，主要在于叙事性，这一汉乐府民歌最大、最基本的艺术特色。丈夫一出一来的反复迟疑和一拔一去的决绝果断，既是一连贯的行动，又是不同心态转变的刻画。故事由第三者叙述，集中描绘"拔剑东门去"这样一个中心事件，人物形象各有一定的性格，情节也比较完整。在表现手法上，前七句三十字对人物动作和环境细节的描绘，为故事的发展和情感的高潮，先做了有力的铺垫，准备了现实的基础。而后八句四十八字，则完全是对话，语言描写，夫妇二人生死存亡之际，患难与共，相濡以沫，袒露心迹，不仅蕴藏着真挚爱情，也表现出各自善良、忍耐和勇敢正气，又不失温存的性格，十分鲜明。又如饱含情感的口语化，"硬瘦悲苦之中有梗磔之气"（李从军《唐代文学演变史》），"质而不俚，浅而能深，近而能远"（胡应麟《诗薮》卷一）。通过这些动作、语言、细节描写表现对人物心理的刻画真实深刻，十分成功。还有句式整齐中有变化，长短随意，整散不拘，体现了"我国诗歌的句式以整齐为主，长短其句的杂言体并不发达"的特点。总之，本诗所表现的汉乐府民歌的这些艺术特色是《国风》时代所缺乏的，是随着社会发展而在诗歌上产生的一种创新和进步。

最后附带简单说一下有关这首诗的一桩老公案："今非咄行"四字的读法问题。现在大都标点为"今非！咄！行！"这种四字裁为三截，读为三句的句法，究嫌突兀、别扭，意思欠完整，因而已经造成了在解说上的种种错误和混乱。真是七宝楼台拆开来不成片段。不仅当初事实上恐怕很难演唱，而且是整个中国古典诗歌所没有的。实不可从。对于此类句法，先哲们早就反对。梁启超先生斥之为"真是梦呓"，鲁迅先生以为"乱点一通，佛头着粪"。

乾按：关于"尊严"的后话。本书2008年10月出版后，我们照常寄呈李从军师兄一册，请他指正。他当时任中宣部副部长，分管新闻出版工作。不知是否有关，不无巧合的是，2010年全国两会《政府工作报告》提出"尊严说"，时任总理温家宝一个月里，三次提及"尊严"，一时成为"热词"。他答记者问时说："我讲过一句话，无论大学生还是农民工，就业不仅关系他们的生计，还关系他们的尊严。对这个问题，政府将百倍重视，不可掉以轻心。"又说："我常讲，一个人能有工作，不仅解决生存问题，也能体现一个人的尊严。"掷地有声，很有新意。舆论普遍认为，"小康水平，正是讲求'尊严'的时候。""在法律面前，人人都应享有平等的尊严"。全国人大常委、法学家徐显明说："尊严，从法学上来理解，就是人的生存权利。让每个人都有尊严地活着，就要保障每个人的生存权。""当然这其中也包括小人物。"新华社2010年3月29日刊发的"新华时评"指出："用强有力的监督和问责，让生命的尊严不再受损，让悲剧不再重演。"此言得之。可见本篇《追求生存尊严的绝唱》，不无社会价值与现实意义。

2019年3月29日

（本文据萧涤非先生《〈东门行〉并不存在"校勘"问题》一文改写。原文载《光明日报》1980年5月21日；后收入《乐府诗词论薮》，齐鲁书社1985年版；《萧涤非说乐府》，上海古籍出版社2002年版；《萧涤非文选》，山东大学出版社2006年版）

孤儿遇生　命独当苦

——说汉乐府《孤儿行》

　　孤儿生，孤儿遇生，命独当苦。父母在时，乘坚车，驾驷马。父母已去，兄嫂令我行贾。南到九江，东到齐与鲁。腊月来归，不敢自言苦。头多虮虱，面目多尘，大兄言"办饭"！大嫂言"视马"！上高堂行取殿下堂，孤儿泪下如雨。

　　使我朝行汲，暮得水来归。手为错，足下无菲。怆怆履霜，中多蒺藜。拔断蒺藜，肠肉中，怆欲悲。泪下渫渫，清涕累累。冬无复襦，夏无单衣。居生不乐，不如早去，下从地下黄泉！

　　春气动，草萌芽。三月蚕桑，六月收瓜。将是瓜车，来到还家。瓜车反覆，助我者少，啖瓜者多。"愿还我蒂，兄与嫂严，独且急归，当兴校计。"

　　乱曰：里中一何诖诖！愿欲寄尺书，将与地下父母：兄嫂难与久居！

这篇《孤儿行》见《乐府诗集·相和歌辞·瑟调曲》，是汉代的一首民歌，或者说一首乐府民歌。因为它经过乐工的配乐，受过音乐洗礼，已和音乐结合成为一种乐曲歌辞。"行"便是它作为乐曲的标志。班固《汉书·艺文志》在叙述汉武帝立乐府而采歌谣之后，指出这些歌谣的特点是"皆感于哀乐，缘事而发"，在这方面，《孤儿行》要算是最为杰出的代表作。它通过孤儿悲惨遭遇的描绘，对兄嫂虐待孤儿的暴行，做了血泪的控诉，感人至深。在客观上，也透露了阶级社会私有制的罪恶，能发人深省。

关于《孤儿行》欣赏，我不拟做纵的复述式的剖析，只就个人的体会，提出《孤儿行》在表现手法方面的某些特点来加以说明。

作为一首杰出的叙事诗，《孤儿行》约有以下几个值得我们注意和借鉴的特点：

第一是在结构上突出主题。如诗的开头三句："孤儿生，孤儿遇生，命独当苦。"二话不说，一上来就把主题亮了出来，非常鲜明，非常有力，一下子就吸引住读者的注意，唤起读者急于要了解后事如何的迫切感。这个"苦"字像一条线索贯穿着全篇，成为全诗的主帅，下文写孤儿的"行贾""行汲""收瓜"等一系列情况，都是围绕这个"苦"字来的，为这个"苦"字服务的。严羽《沧浪诗话》评李白诗说："太白发句，谓之开门见山。"这比喻很好，也符合李白诗的实际。如他的著名的《蜀道难》的开篇："噫吁嚱，危乎高哉，蜀道之难，难于上青天！"真是开门见山。下文便专在"难"字上做文章。和《孤儿行》比较，虽有写人和写物之不同，但在写法上却没有什么不同。他很可能从《孤儿行》得到某些启发。

第二是采用第一人称的直接叙述。《孤儿行》全篇基本上都是主人翁——孤儿的自述。如"兄嫂令我行贾""使我朝行汲""愿还我蒂"诸句中的"我"，固然是孤儿的自称，就是那些直呼"孤儿"的地方，也未尝不可以理解为孤儿的自谓。比如诗的头三句，连呼"孤儿"，一般理解为是诗人的话，这虽无不可，但看作孤儿的自悲自叹，自报家门，自我介绍，似更合乎文情事理。由于诗人采取让孤儿直接向读者倾诉的方式，这就使读者特别感到亲切，感到真实，从而加强了诗的感染力。看来，在人称问题上，大诗人杜甫是非常注意的。这只要回忆一下他的"三吏""三别"，尤其是"三别"这些作品，就不难得到证明。"三吏"还有对话，"三别"便全是人物自叙。杜甫是主张"转益多师"的诗人，我们无妨说，他这一写法是从汉乐府民歌《孤儿行》一类作品学来的。应当指出，用不用第一人称，不只是一个表现手法问题，同时也是一个生活实践和思想感情问题。

第三是描写具体细致，入情入理。《庄子》说得好："不真不诚，不能动人。"但真诚也不能流于空洞。宋徐积有首《哀哀词》，首四句是："哀哀复哀哀，哀哀至此极。孤儿与慈母，中路忽相失。"下文还有"哀哀复哀哀，此去无尽时"的话，像这样的空喊，即使作者是真心实意，也不能引起读者的共鸣。《孤儿行》的妙处就在于把孤儿的"苦"具体化、形象化，寓"哀哀复哀哀"的同情于事实之中。《孤儿行》的这一特点是显而易见的，如写孤儿的行贩、汲水、推瓜车等，原原本本，一幕幕，一桩桩，有人物，有故事情节，有孤儿悲惨的肖像，也有阿兄阿嫂阴森的面影，有帮着孤儿扶起瓜车的好心肠人，也有趁火打劫的啖瓜者，简直可以改编成一部电视连续剧。值得我们玩味的，是诗中对孤儿畏惧兄嫂的那种"不敢自言苦"的心理刻画。这表现在两处：一处是把"孤儿泪下如雨"这句话安顿在"上高堂行取殿下堂"之后。这样的处理是合情合理，符合孤儿的处境的。要知道，孤儿这泡眼泪早就有了，但他不敢当着兄嫂的面流泪，只有当他上堂下堂、背着兄嫂的时候，才敢让眼泪流个痛快。不言而喻，这是无声的垂泣。假如没有"上高堂"二句，紧接着就写"孤儿泪下如雨"，那就破坏了人物形象的完整性。不敢自言苦，哪敢当面哭？另一处是孤儿对啖瓜者说的那番话。他不说兄与嫂"恶"，而说兄与嫂"严"，不说当遭受兄嫂的打骂，而只含糊地说兄嫂"当兴校计"，为什么不让孤儿说真心话呢？因为他畏惧兄嫂，本来就不敢在人们面前说兄嫂的坏话。如果让他照实说了，那就反而显得不真实了，因为不合孤儿当时的心理状态。清人沈德潜评《孤儿行》说是"泪痕血点，凝缀而成"，宋长白也说，当他"每读一过，觉有悲风刺人毛骨"。《孤儿行》为什么能达到这样高的艺术水平，收到这样感人至深的艺术效果，是和它在表现手法上的这一特点分不开的。它把孤儿写活了，写得有血有肉，有声有色。

第四是文句的长短错综，活泼自然。一篇之中，三言、四言、五言、六言诸句式全都有。当长则长，当短则短，当散则散，当骈则骈。苏轼曾自评其文："如行云流水，初无定质，但常行于所当行，止于所不可不止。"他这番自我欣赏的话，也正可以拿来欣赏《孤儿行》的语言风格。在注释中，我们已接触到"面目多尘"一句的句尾是否要添一"土"字的问题，这里我想再就逯钦立的说法再补说几句。他说："逯按，诗中'大兄'之'大'，为'土'之讹，当数上句，作'面目多尘土'。'土'与前后韵'贾''鲁''马''雨'皆叶，今'土'讹'大'，则断'尘'为句，失其韵。又'土'讹'大'，连下读为'大兄'，后人遂不得不于'嫂'字上亦添'大'字，使篇中兄嫂辞例亦乱。应添'土'字，去两'大'字。"我已说了，此处正以不押韵为是，因为下文只言"兄嫂"，遂怀疑此处称"大兄""大嫂"是自乱其例，未免拘泥。谓"大"为"土"之讹，后人于是又在嫂字上添一"大"字以配"大兄"，尤为主观臆断。《孤儿行》不是什么历史文献，孤儿也不是什么历史人物。他也许有二哥，也许没有，这都无关紧要，无须追究。仅从形容、渲染当时兄嫂那股"颐指气使"的凶焰来看，这两个"大"字就必不可少。从行文方面来说，这里也正需要两个五言句，读起来才觉得更带劲。我国诗歌的句式以整齐为主，长短其句的杂言体并不发达。从现存文献来看，《孤儿行》要算是第一篇最长的杂言体了。这对后来的诗人有很大影响。由于它接近散文，有更大的表现力。目前，国内成立了不少专门写作古典诗歌的诗社，百花齐放，自是好事，但写律诗的多，写古体的少，写杂言体的似乎更少，这是一个缺陷。

除上述四个特点外，《孤儿行》在押韵方面也很值得我们探讨和借鉴，尽管用韵很自由，疏密相间，转换随便，连上下句重韵也不避，但也并非杂乱无章，如写行贾、行汲和收瓜，便是各押一韵。"黄泉"的"泉"，古时和"归""衣"等字通押，也不是不押韵。关于这方面，就不多说了。

孤儿的问题，是个社会问题，一个社会制度问题。在旧社会，孤儿所受的虐待、迫害，不只是来自兄嫂，也有来自叔叔婶婶，来自岳父岳母，他们千方百计，谋财害命。这种反常的令人发指的情况，一直到清人郑板桥写的《孤儿行》和《后孤儿行》都仍有反映，大抵家财愈丰，孤儿的命就愈危险。孤儿问题的彻底解决，只有在像我们今天正从事建设的物质文明和精神文明一起抓的社会主义社会，才有可能。革命成果，得来不易，这也是我们在"奇文共欣赏"之余，应"永矢弗谖"的吧。

（《历代名篇赏析集成》上，中国文联出版公司1988年版；《中国文学名篇鉴赏辞典》，山东大学出版社1992年版；《萧涤非说乐府》，上海古籍出版社2002年版；《萧涤非文选》，山东大学出版社2006年版）

一反传统　尽情烘托

——谈汉乐府《陌上桑》

　　日出东南隅，照我秦氏楼。秦氏有好女，自名为罗敷。罗敷憙[①]蚕桑，采桑城南隅。青丝为笼绳，桂枝为笼钩。头上倭堕髻，耳中明月珠。缃绮为下裙，紫绮为上襦。行者见罗敷，下担捋髭须。少年见罗敷，脱帽著帩头。耕者忘其犁，锄者忘其锄。来归相怨怒，但坐观罗敷。

　　使君从南来，五马立踟蹰。使君遣吏往："问是谁家姝！""秦氏有好女，自名为罗敷。""罗敷年几何？""二十尚不足，十五颇有余。"使君谢罗敷："宁可共载否？"

　　罗敷前置词："使君一何愚！使君自有妇，罗敷自有夫。东方千余骑，夫婿居上头。何以识夫婿，白马从骊驹。青丝系

---

　　① 憙，xǐ，喜好、愉悦。憘、喜的本字。此处一作善。

马尾，黄金络马头。腰间鹿卢剑，可直千万余。十五府小吏，二十朝大夫；三十侍中郎，四十专城居。为人洁白皙，鬑鬑颇有须。盈盈公府步，冉冉府中趋。坐中数千人，皆言夫婿殊。"

鲁迅先生在评价《红楼梦》时曾说："至于说到《红楼梦》的价值，可是在中国底小说中实在是不可多得的。""总之自有《红楼梦》出来以后，传统的思想和写法都打破了。"（《汉文学史纲要》）我觉得这番话也适用于评价汉乐府民歌《陌上桑》。《陌上桑》虽长不过二百多字，但作为一篇富有民主性的和通体五言的叙事诗，在我国古典诗歌中也可以说是"实在是不可多得的"。

在这首饶有喜剧气味的叙事诗中，民歌作者出色地塑造了女主角秦罗敷的动人形象。她美丽、勤劳、机智、勇敢。当那"五马立踟蹰"的太守（**使君**）野心勃勃地妄想强迫她"共载"时，她不是"逆来顺受"，而是断然拒绝，并给他一个当头棒喝："使君一何愚！使君自有妇，罗敷自有夫。"一反所谓"以顺为正者妾妇之道也"的封建说教。如果我们把秦罗敷和《诗经·七月》里那个"女心伤悲，殆及公子同归"的采桑女做一对比，那么《陌上桑》的打破传统思想的进步性，就更

　　　　　　　　　　　风诗心赏

加显而易见了。

谈到打破传统的写法这一点，《陌上桑》也非常突出。这主要表现在对秦罗敷的美丽的塑造上。在此以前，诗赋中关于美女的描写已有不少脍炙人口的名篇佳句，如《诗经》的《硕人》、宋玉的《神女赋》等。但这些描写，有一个共同的局限，就是离不开美女自身。写过来，写过去，总不外美女的眉眼腰肢或言笑顾盼等等。《陌上桑》的作者，却突破了这一局限。他别开生面，独辟蹊径，运用了一种完全新的表现手法，不从秦罗敷本人来刻画她如何如何的美丽，而是通过服饰的描写来暗示。尤其出人意料的，是从旁观者的眼中，从不同的旁观者的不同表情来烘托出罗敷的美丽。这就是千百年来一直到今天尤为我们所击节叹赏的那几句诗："行者见罗敷，下担捋髭须。少年见罗敷，脱帽著帩头。耕者忘其犁，锄者忘其锄。来归相怨怒，但坐观罗敷。"这里，无一字涉及罗敷的美丽，然而罗敷那惊人的美丽已尽在其中。真是妙不可言，得未曾有。

第一个注意到并仿效着这一新的衬托写法的，是建安时期的大诗人曹植。他的《美女篇》有这么两句："行徒用息驾，休者以忘餐。"就是从《陌上桑》学来的。曹植这两句诗虽然写得简括，但在这里却嫌笼统。"行徒""休者"多得很，他们到底是些什么样的人呢，读者不得而知，至少是捉摸不定。由于形象模糊，不具体，不生动，更缺乏风趣，因而他这两句诗并不怎样为后人所称道。但从这里我们已经可以看出《陌上桑》的艺术魅力，它竟能吸引"八斗之才"的曹植甘当小学生。

当然，像《陌上桑》这样一首从思想内容到艺术形式都有所创新的杰作，在它的流传过程中是不会受到冷遇的，被吸引的诗人也绝不止曹植一个。单以唐代而论，李白、杜甫、白居易三大诗人就都不约而同地爱上了《陌上桑》。在他们的诗作中，我们可以清楚地看到和《陌上桑》的继承关系。李白也写了一首《陌上桑》，女主角仍然是秦罗敷，另外他还以《陌上桑》的首句为题，写了一首《日出东南隅行》。杜甫是不袭用乐府旧题的，没有再写这类拟古作品，但他却灵活地巧妙地利用了《陌上桑》中的某些词句和写法。如他告诫梓州刺史不要胡闹时说："使君自有妇，莫学野鸳鸯。"（《数陪李梓州刺史泛江戏为艳曲》）这上一句便是用的秦罗敷斥责那位使君的原话。又如在《送李校书》一诗中赞美李舟说："人间好少年，不必须白皙。十五富文史，十八足宾客。十九授校书，二十声辉赫。"这种写法，从句式到排列，显然也是化用了秦罗敷盛夸其夫"十五府小吏，二十朝大夫；三十侍中郎，四十专城居"这几句话的。即此可见，《陌上桑》这首民歌，杜甫原是烂熟于胸中，所以能够随时应变，信手拈来。

至于白居易，情况更有些特殊，他爱《陌上桑》简直爱得着了迷，完全为它的艺术魅力所俘虏。他曾两次经过罗敷水，写有两首诗。第一首的题目就是《罗敷水》，是一首七绝：

> 野店东头花落处，一条流水号罗敷。
> 芳魂艳骨知何在，春草茫茫墓亦无。

秦罗敷原是一个艺术典型，是千万个采桑女的化身，并非历史人物，但白居易却以为实有其人，一往情深地为找不着罗敷的坟墓而惆怅。这已是天真得有些可笑。但作为一个发思古之幽情的凭吊者，白居易还是白居易，还是一个局外人。令人诧异的是第二首《过敷水》，在这首诗中，他俨然成了一个演员，充当了其中的一个并不光彩的角色，也就是那个"五马立踟蹰"的使君。请看：

> 垂鞭欲渡罗敷水，处分鸣驺且缓驱。
> 秦氏双蛾久冥漠，苏台五马立踟蹰。

村童店女仰头笑，今日使君真是愚！

诗人白居易简直是想得有点出了神了。第一首的写作年代，一时还难以确定，这第二首，则可以断定写于唐敬宗宝历元年（825），因为诗中有"苏台五马"字样，而白居易是这年的三月四日任苏州刺史，于二十九日由洛阳出发赴任的。这年白居易是五十四岁，已入晚年了。白居易还有一首七绝《与裴华州同过敷水戏赠》："使君五马且踟蹰，马上能听绝句无？每过桑间试留意，何妨后代有罗敷。"他似乎很期待能邂逅后代的罗敷。

事隔千年，美人早已化为黄土了。这一点，白居易本人也是清楚的，他不是说"秦氏双蛾久冥漠"吗。那么，到底是什么东西驱使白居易如此念念不忘那个秦罗敷，对着那茫茫青草只是发呆，傻头傻脑地以至惹得村童店女都觉得好笑呢！回答只有一个，这就是《陌上桑》的艺术美以及由此而产生的艺术魅力。

天下事，往往有些巧合。作为一出喜剧，如果我们说诗人白居易充当了《陌上桑》中那个"五马立踟蹰"的"使君"的角色，那么和白居易同时代的诗人权德舆却扮演了另一个人物，那"下担捋髭须"的"行者"。和白居易一样，权德舆有一次经过罗敷水，也写了一首诗，题目是《敷水驿》，是只有二十个字的五言绝句：

> 空见水名敷，秦楼昔事无。
> 临风驻征骑，聊复捋髭须。

真是无独有偶！妙不可言！想不到《陌上桑》这首民歌竟有如此巨大的不可思议的魅力。权德舆在当时并不是碌碌无闻的作者，现在《全唐诗》里还有他的诗十卷。但他的名字不见于一般文学史，有关唐诗的选本，也绝少选录他的诗，只有《唐诗三百首》选了他的一首五绝《玉台体》。我倒觉得他这首诗写得很出色，很有诗味，也很有意义，是完全有资格入选的。

鲁迅先生在谈论《红楼梦》的影响时曾说："中国人看小说，不能用鉴赏的态度去欣赏它，却自己钻入书中，硬去充一个其中的脚色。"（《汉文学史纲要》）这现象在小说方面确是普遍存在着，但在诗歌方面却绝少见。我之所以对上引白居易、权德舆的那两首小诗特感兴趣，并乐于表而出之，原因也就在此。

《陌上桑》的艺术美，固足令人倾倒。但唐人那种忘我的钻研精神和天真坦率的创作态度，也是值得我们学习的。他们不装腔作势，甚至不怕自己出自己的洋相。我们需要的，原是真实！

1980年11月于济南

我国诗歌史上的一颗明珠

——谈左思《娇女诗》

吾家有娇女，皎皎颇白皙。小字为纨素，口齿自清历。鬓发覆广额，双耳似连璧。明朝弄梳台，黛眉类扫迹。浓朱衍丹唇，黄吻澜漫赤。娇语若连琐，忿速乃明恫。握笔利彤管，篆刻未期益。执书爱绨素，诵习矜所获。

其姊字蕙芳，面目璨如画。轻妆喜楼边，临镜忘纺绩。举觚拟京兆，立的成复易。玩弄眉颊间，剧兼机杼役。从容好赵舞，延袖像飞翮。上下弦柱际，文史辄卷襞。顾眄屏风画，如见已指摘。丹青日尘暗，明义为隐赜。

驰骛翔园林，果下皆生摘。红葩缀紫蒂，萍实骤抵掷。贪华风雨中，眒忽数百适。务蹑霜雪戏，重綦常累积。并心注肴馔，端坐理盘槅。翰墨戢闲案，相与数离逖。动为垆钲屈，屣履任之适。止为茶荈据，吹嘘对鼎𬭤。脂腻漫白袖，烟熏染阿绤。衣被皆重地，难与沉水碧。任其孺子意，羞受长者责。瞥闻当与杖，掩泪俱向壁。

"乃生男子，载寝之床，载衣之裳，载弄之璋"；"乃生女子，载寝之地，载衣之裼，载弄之瓦"，这是《诗经·小雅·斯干篇》中的诗句，相传为西周宣王时作品。虽然相去已二三千年，但诗句中所表现的男尊女卑、重男轻女的观念，我们还是可以看得很清楚的。女子打从呱呱堕地时起就遭到歧视，就受到不平等的待遇。事物的发展，是复杂的、曲折的。由奴隶社会进入到封建社会，这种贵男贱女的不合理现象也并未得到纠正或减轻。历春秋战国秦汉三国以迄两晋的千余年间，妇女的地位是愈来愈低，女子的出生也愈来愈不受家庭的欢迎，和男孩比较起来，正如当时傅玄在他的《豫章行·苦相篇》中所控诉的那样："男儿当门户，堕地自生神！""女育无欣爱，不为家所珍！"真是一个天上，一个地下。在这种病态的社会风气下，诗人左思却旗帜鲜明地写出了他的《娇女诗》，对他的两个小女儿，不是"无欣爱"，而是"心乎爱矣"！并对她们的天真稚气、顽皮而又活泼可爱的种种情态做了精心的描绘，这是具有反重男轻女的传统观念的普遍意义的。应该说：在我国无比丰富的诗歌宝藏中，《娇女诗》是一颗稀有的明珠。

但是，在"女育无欣爱"的封建社会，以女孩子的活动为题材的诗，自然也要受到冷遇。比如最有权威的昭明太子《文选》，选录了左思的《三都赋》三篇、《咏史诗》八首、《招隐诗》二首、《杂诗》一首，现存所有左思的诗篇差不多全都选上了，唯独不选《娇女诗》。如果不是徐陵《玉台新咏》弥补了这一缺陷，很可能要失传。清代王士祯的《古诗选》和沈德潜的《古诗源》是两个最有影响的选本，也都没有入选。《娇女诗》之逐渐为人们所赏识，乃是"五四"以后，特别是新中国成立以后的事情。一些文学史在谈论左思时都曾提到，虽语焉不详，或一笔带过，但都一致肯定为"好诗"。一些选本，如余冠英的《汉魏六朝诗选》、北大中文系编的《魏晋南北朝文学史参考资料》，以及最近出版的刘让言、林家英、陈志明的《中国古典诗歌选注》，都收录了这首诗，并都做了新的注释。为了适应内容的需要，《娇女诗》的作者在诗中用了不少俚语俗字，有的诗句朴拙得近于晦涩。因此，在字句的准确理解上，还值得我们做进一步的探讨和商榷。

左思《娇女诗》是一首很新奇很别致的诗。全诗可分三段，第一段十六句写小娇女纨素，第二段也是十六句，写大娇女蕙芳，第三段二十四句则是大小合写，结构是很匀整的。

现在先谈第一段。开头六句，作者介绍了他的小女儿并给她画了一幅肖像画。汉以后，上层社会的女子多有名有字，"小字"则是小名、乳名。"鬒发"是复词偏义，实指头发。鬒在耳旁，并不覆额，说鬒发，是连类而及。在古典诗歌中多有这类用法，如下文的"霜雪""风雨"都是这种偏义复词。"连璧"即联璧。《说文》："联，连也。"段玉裁注："周人用联，汉人用连。"句意是说两耳像一对美玉。"明朝"四句写纨素的学着打扮。"明朝"犹清晨，与唐以后概指明天、明日者不同。杜诗"明朝有封事""明朝牵世务""九日明朝是"等皆指明天。"黛眉"句，是说用黛（青黑色的颜料）画成的眉毛就像用扫帚扫地那样留下条条痕迹，一点不修整。古时妇女用胭脂涂抹或点注口唇，谓之"注口"，所以诗词中形容美女的口有"樱唇""一点樱桃"的说法。但由于年纪太小，力不从心，结果弄得满嘴通红，连两边口角（吻）都红得一塌糊涂。古人以小儿为"黄口"，"黄吻"表明是小儿的口角。上边是两条粗黑的眉毛，下边是一张鲜红的小嘴，这副小脸蛋，你说好看不好看。谈到这里，我们自然会联想起杜甫在他的名篇《北征》中那段风趣的令人破涕为笑的穿插："瘦妻面复光，痴女头自栉。学母无不为，晓妆随手抹。移时施朱铅，狼藉画眉阔。……"这在杜甫虽是写实，但显然也受到这首诗的启发。"娇语"二句，写纨素平时与气恼时的不同语调。"连琐"犹连环，形容语如贯珠，娓娓动听。《说文》无"恓"字，"明恓"疑是当时口语，和后来说的"泼辣"差不多。"握笔"四句，写纨素写字时和读书时的情况。据傅玄《笔赋》，当时有"绿沉漆竹管"的笔，这里的"彤管"当即是红漆竹管的，表示是上品好笔。《晋书·左思传》说左思"少学钟（繇）、胡（昭）书"，所以家里蓄有这种好笔。"利彤管"也就是爱彤管。"利"字用得很新颖。但纨素占用这支好笔不过是觉得它美观好玩，并不想把字写好，即所谓"不期益"。"篆刻"是形容小孩写字不熟练，就像刻工用刀在石头上刻篆文似的一笔一笔硬斗。"执书爱绨素"，是和用纸写的书相比较而言的。纸的正式发明和使用开始于东汉，到魏晋时不过一二百年，产量低，质量也差，远不如帛书的美观。《三国志·魏书·文帝纪》裴注引胡冲《吴历》载魏文帝曹丕"以素（帛）书所著《舆论》及诗赋饷（赠）孙权，又以纸写一通与张昭（孙权之臣）"，便是证明。纨素"执书爱绨素"正表明她也自有其审美观。更为有趣而又耐人玩味的是"诵习矜所获"这一句。这里的"诵"当指背诵（**过去读书一贯强调背诵**），句意是说，纨素背得几句书，认得几个字，便扬扬得意地自矜起来。这使我想起鲁迅先生1936年在致母亲的一封信里的一段话："他（海婴同志）大约认识了二百字，曾对男说，你如果字写不出来了，只要问我就是。"真是妙人妙事妙文。我想是可以用来帮助我们理解这句诗的内涵的。

诗的第二段写蕙芳。用"其姊"二字和第一段连贯，"其"即指纨素，写蕙芳外貌之美只一句，因为有的和纨素相同，故可从略。一般字书无"腶"字，当是"粲"的俗体。粲是美好的意思。蕙芳年龄较大，娇气虽同，娇的具体内容却不一样，一种女儿家特有的所谓"一生爱好是天然"的爱美心较强，同时也有一定的修饰能力，所以她肯在画眉上下功夫，和妹妹的"黛眉类扫迹"不同，而是淡扫轻描。楼边向明，照镜时看得仔细，所以"喜楼边"。这里需要着重谈一谈的是"举觚拟京兆，立的成复易"两句。"举觚"原作"举觯"，觯是酒器，跟下文所用汉京兆尹张敞为妻画眉的故事，可以说是风马牛不相及。所以吴兆宜《玉台新咏注》根据"《正字通》引《文选》云操觚进牍，或以觚为笔"的解释，认为"案上下文应作觚"，是有充分理由的。二字因形近而误，古书中多有。再则，"觚"虽然也是酒器，但它还有一个更为普通的含义，就是指简牍。《急就篇》颜师古注："觚者，学书之牍，或以记事，削木为之，盖简属也。孔子叹觚（见《论语》），即此之谓。其形或六面，或八面，皆可书。……今俗犹呼小儿学书简为木觚章，盖古之遗语也。"由"学书之牍"引申而为书牍之笔，这是没有什么不可以的。前人用操觚替代操笔或操翰的就不少。因此，我在抄录此诗时就径改作"觚"了。"拟京兆"的"拟"，一般解释为模仿，似欠确。我以为应是比拟的意思，和左思《咏史诗》"著论准《过秦》，作赋拟《子虚》"的"拟"，用法正同。诗意是说，蕙芳拿起画眉的笔给自己画眉时，那股子认真劲简直可以和那位京兆尹给他的夫人画眉相比拟。"立的成复易"的"的"，是指女子用朱丹点面的一种面饰，目的是为了使姿容显得更美，所以傅咸《镜赋》说"点双的以发姿"。傅咸是左思同时人，蕙芳所点的"的"，大概就是"双的"。这种"的"，要求点得圆，越圆越好。要把"双的"都点得很圆，这对一个小女孩说来是很不容易的，得费工夫，不能毕其功于一役，只好点成又抹，抹了又再点。作者不说"点的"，而说"立的"，这个"立"字，下得很精练，符合人物的特点。下文"剧兼机杼役"句，主要也是指这件事说的。关于这句，有不同理解。一说"剧"是"玩弄"，"兼"指蕙芳把学织布的活儿也当作游戏；另一说"剧"是"剧烈"，"兼"是"倍"，是说蕙芳学着修饰面容的活动，比学织布还倍加紧张。结合上文，后一说于义为长。但"剧"似可解为"烦剧",指劳动量大。"机杼役",这里只是虚拟,是陪衬,而非写实。如解作写实,在行文上也显得夹杂。蕙芳修饰好之后,不是去学织布,而是去学舞蹈,去学调弦弹琴和观赏屏风上的人物画,这就是下文所描写的了。古代赵国以舞蹈著名,《学步邯郸》的故事就发生在赵国的国都。说"赵舞",表明是最优美的舞。"延袖"应是舞时展开两袖,故有似飞鸟的展翅。《本传》说左思"少学鼓琴",可见他也爱好音乐,故家中蓄有琴。"上下弦"就是调弦,弦松就得上紧,太紧又得放松。琴身相当长,所以得把桌上的书籍卷叠在一边。东汉时,屏风上多画《列女传》的故事(见《东观记》),左芬(作者之妹)有《班婕妤像赞》,说"形图丹青,名侔樊虞"。我猜想,蕙芳看的可能就是这幅屏风画,画的大概是"婕妤辞辇"的故事。这故事原来很有意义,但因日久尘暗,已辨认不清,人物形象也很模糊,仿佛"如见",但蕙芳已是不断地指指点点批评起来了。这是写小孩的稚气,所谓"无知妄说"。

"驰骛翔园林"以下是第三段。这一段写纨素、蕙芳姊妹二人的共同活动。其实是共同捣乱。她们一年四季都在玩耍。春夏之际,百花盛开,她们便任意攀折花木,生摘果实,并用果子打仗,还看谁打得快,所谓"骤抵掷"。有时她们为了贪折花枝，在风雨中，一眨眼工夫就来回几百趟（杜甫《秋雨叹》："老夫不出长蓬蒿，稚子无忧走风雨。"写的也正是这种情况）。"眒忽"即倏忽，快的意思。到了冬天呢，她们便在雪地游戏，用一道道带子把鞋子绑得紧紧的。她们姊妹俩有时安坐下来看似一心帮着料理食品，其实也是当作玩耍。笔墨都闲放在书桌上，她们离得远远的。"离逿"一词，早见于《左传》"岂敢离逿"，《急就篇》有"蹜蹀跟踵相近聚"之文，颜师古注云："相近聚者，蹜蹀及跟踵不离逿也。"可见"离逿"这个词，唐人还在使用，当是古时口语，我们现在觉得有点怪。"动为铲钲屈"以下，是写她们远离书桌的原因。丁福保《全晋诗》说："铲钲屈三字，未详。"意思是说这三字不好理解。其实并不难解。作者这首诗是他移居洛阳时写的。洛阳是当时的首都，一天到晚，真是"车如流水马如龙"。凡是婚丧嫁娶，或达官出行，总少不了吹吹打打，"钲"是铙一类的乐器，"铲"大概也是一种金属乐器，"动为铲钲屈"就是说姊妹二人动不动就为大街上的锣鼓声所屈服，禁不起引诱，于是离开书桌拖着鞋子就往外跑。"铲"，一作"缶"，余冠英先生从一作，说"缶，缶也，古人用作乐器"。还说："屈，疑出字之误。这句似说儿童听到门外有钲、缶的声音因而奔出，钲、缶当是卖小食者所敲。"一般均从此说。我觉得还值得商榷。缶是秦地所用的乐器，他处很少用，卖小食者一般也不敲缶。再说，纨素、蕙芳都还小，要买小吃，得向父母要钱，行动不自由，不能要出去便出去。只有当她们无所求于父母时（用《庄子·逍遥游》的话来说，也就是"无所待"），才能一听见铲钲声便可以拔腿就跑，并拖着鞋一路看热闹。在洛阳，像古诗中所描写的"观者盈路旁"的情况，是常有的。"止为茶荈据，吹嘘对鼎𬬺"二句，写二人在家时双手按地对着正在烹茶的鼎𬬺吹火。其实是帮倒忙。"据"字，应从《礼记·玉藻》孔颖达疏"据，按也"的解释，《太平广记》"李征条"引《宣室志》写李征变形为虎时"俄以左右手据地而步"，又"裴旻条"引《国史补》云"一虎腾出，状小而势猛，据地一吼，山石震裂"，这两个据字，便都是作"按"讲的。鼎是类似三足的锅，俯身以手按地，才便于吹火，也正因为是以手按地，所以下文有"脂腻漫白袖，烟熏染阿绿"的描写。解"据"为"安居"或"安坐"，看来都值得商榷。《说文》无"𬬺"字，《康熙字典》𬬺字下，引的最早材料就是左思这句诗。大概也是俗写，它和"鬲"或"镉"同声。一身衣服，五颜六色，分不清哪是底子，所以说"皆重地"。"任其"二句，是说她们总是那样任性，爱怎么搞就怎么搞，大人还不能说。这两句写娇女的心理，总结性地点明了为什么会出现上述种种情况的原因。"瞥闻当与杖，掩泪俱向壁"，这一结尾，很陡峭，很斩截，戛然而止，却又余音缭绕，似严厉而实风趣，并没有损害纨素、蕙芳的娇女形象。"瞥闻"即忽闻。白居易《与微之书》："平生故人，去我万里，瞥然尘念，此际暂生。"所谓"瞥然"，亦即忽然。"瞥闻"二字，暗示出纨素和蕙芳一直是"任其孺子意"，从没挨过打，但这次却出乎意外地听说要挨打了，所以，说打还没有打，便先自掉泪了。掉泪还怕人看见，因而又用手捂着，并索性背过脸儿去对着墙壁站着，也不肯向父母讨一声饶。为何如此？曰："羞受长者责"也。不如此，那还是什么"娇女"？也不成其为《娇女诗》了。这个结尾，确是很别致。唐代卢仝也写过几首有关小儿的诗，其《寄男抱孙》一诗，告诫抱孙当他不在家时要带领好小弟弟（添丁），否则，"他日吾归来，家人若弹纠，一百放一下，打汝九十九"。结得也很斩截、诙谐，分明是从《娇女诗》学到的。

以上，我就《娇女诗》的文句做了一些解释和串讲。从其中，我们可以提出它的一些艺术特点。首先是结构严整，安排合理。娇女有二，先写谁，就得费斟酌。这里由小而大，由分而合，循序渐进，层次井然。只如合写姊妹二人玩耍时，特将"吹嘘对鼎铋"一事放在攀折花枝、生摘果实和随便逛大街诸事之后，就是有意经营的。因为这件事最叫大人恼火，衣服脏得不只是难洗难看，简直得重新做，所以非狠狠教训她们一下不可。这样，接入下文"当与杖"，就显得更自然。其次，语言朴质，不避俚俗。如"黛眉类扫迹""黄吻澜漫赤"之类。"诵习矜所获"的"矜"字，"立的成复易"的"立"字，虽极精练，却不显得尖新纤巧。作者有的地方还故意用些看来很生僻的俗体字，这也是为了有助于加强作品的诙谐气氛。最主要的，是诗人能抓住人物生理和心理方面的特征进行刻画。纨素自纨素，蕙芳自蕙芳，既有其共同性，又各有其特殊性。明人谭元春评此诗说："字字是女，字字是娇女，尽情尽理尽态。"钟惺也说："通篇描写娇痴游戏处不必言，如握笔、执书、纺绩、机杼、文史、丹青、盘槅等事，都是成人正经事务，错综穿插，却妙在不安详，不老成，不的确，不闲整。字字是娇女，不是成人。而女儿一般聪明，父母一般矜情，笔端言外，可见可思。"（俱见《古诗归》）这评论是有见地的。此外，通过这首诗，也使我们进一步了解到观察生活的重要性。父母之与小儿女，日日相处，时刻在目，可谓熟矣，然如不用心观察，还是写不到点子上的。比如为什么知道纨素诵习是"矜"所"获"，蕙芳的梳妆是"喜"楼边？不是平日留心观察，还是写不出的。

李商隐《王十二兄见招小饮》诗云："左家娇女岂能忘？"作为我国诗歌史上的一颗明珠，《娇女诗》的光芒是掩不住的。它必然要引起诗人们的注目，并发生影响。它以一种完全新的题材——儿童的题材，一种新的野而多趣的语言风格，并以一种新的反重男轻女的姿态出现在诗歌史上。从此以后，诗人们写小儿女的诗篇或诗句才逐渐多起来了。如果说有什么发展，那就是由娇女扩大到娇儿，由专写儿女到结合诗人自身。这类作品，无形中还形成了一个以幽默诙谐、令人忍俊不禁为基调的传统写法。第一个学习《娇女诗》而得其神似的，是陶渊明。他的《责子诗》，写的虽是男孩，而且年纪都比较大，但还是写得很有趣。为省翻检，便于对照，让我抄在下面：

　　　　白发被两鬓，肌肤不复实。虽有五男儿，总不好纸笔。阿舒已二八，懒惰故无匹。阿宣行志学，而不爱文术。雍端年十三，不识六与七。通子垂九龄，但觅梨与栗。天命苟如此，且进杯中物。

诗题是"责子"，其实是以子为戏，拿儿子开心取乐。这并非我们冤枉陶渊明，他在《止酒》诗中自言："好味止园葵，大欢止稚子！"可见他最大的欢乐就全寄托在这几个天真的孩子身上。他这一观点，无疑也是从《娇女诗》得到启发的。左思出身寒门，只做了一名秘书郎，后来还辞官家居，很不得志，他写作《娇女诗》，除了矫俗外，也未尝不兼含自遣之意。

唐人对《娇女诗》似特感兴趣。李欣有"朝吟左氏娇女篇，夜诵相如美人赋"（《送康洽入京进乐府歌》）的诗句。李白是很洒脱的，不那么儿女情长，但在他的诗中我们仍然可以不时地看到他描写小儿女们的形象。如："出门妻子强牵衣，问我西行几日归？"（《别内赴征》）"呼童烹鸡酌白酒，儿女嬉笑牵人衣"（《南陵别儿童入京》）。而《寄东鲁二稚子》一诗，写得就更具体，如下面这些诗句："娇女字平阳，折花倚桃边。折花不见我，泪下如流泉。小儿名伯禽，与姊亦齐肩。双行桃树下，抚背复谁怜！"所受《娇女诗》的影响尤为明显。杜诗中有关娇儿痴女的描写就更多，前边已提到的《北征》诗中的那一段，写得最出色。儿女们的天真，真能使人化苦为乐，转忧为喜。无怪诗人说："生还对童稚，似欲忘饥渴。"诗人总是天真的，杜甫似乎更天真些。在《百忧集行》里，他不仅描写了小儿子宗武的"痴儿不知父子礼，叫怒索饭啼门东"那种叫做父亲的下不来台的形象，而且毫不以为嫌地摆出了自己少年时的顽皮行径："忆年十五心尚孩，健如黄犊走复来。庭前八月梨枣熟，一日上树能千回。”说“能千回”，自然是说大话，但以爬树当玩耍，却是真的。这孩子气和蕙芳她们的“贪花风雨中，眒忽数百适”不是一样吗？然而我们对此，只觉得诗人更加可爱，在左思《娇女诗》的影响下，白居易、韩愈、杜牧诸人也都不同程度地写到他们的小儿女，像“娇儿好眉眼，裤脚冻两骭。”“稚子牵衣问，归来何太迟？”“初岁娇儿未识爷，别爷不拜手吒叉。”但最著名的是李商隐的《骄儿诗》，从命题就可以看出它的来源。但我以为这是一首失败的拟作。末段用了十八句借题发挥，并用“当为万户侯，勿守一经帙”这么两句作结，与其说是《骄儿诗》，不如说是“教儿”“责儿”诗。明胡震亨说“结处迂缠不已，反不如玉川（卢仝）《寄抱孙篇》（见前引）以一两语谑送为斩截耳”。这评论是对的。尤其是诗的开头几句令人反感，如云：“衮师我骄儿，美秀乃无匹。文葆未周晬，固已知六七。四岁知姓名，眼不视梨栗。”为了捧自家的骄儿，却不惜贬低陶渊明的儿子，翻用陶诗，意本在取胜，实际是弄巧反拙，点金成铁。但在骄儿的描绘上尚能注意到语言的诙谐性。李商隐后，路德延有《小儿诗》，因为是用的五言排律体，但求对仗工整，平仄协调，就连这一点诙谐气也没有了。

历史是向前发展的。随着社会主义新中国的诞生，重男轻女的封建时代已一去不复返了。儿童，不分男女，从幼儿园起就受到良好的教育。尽管如此，但作为一千七百年前的一篇艺术作品，《娇女诗》并没有随着时光的流逝而丧失其光辉。它仍有其认识价值，它那无可替代的艺术魅力，仍能给人们以美的享受和有益的借鉴。

1984年1月于山东大学

（本文为人民文学出版社《汉魏六朝诗歌鉴赏集》而作，后收入《乐府诗词论薮》，齐鲁书社1985年版；《汉魏晋南北朝隋诗鉴赏辞典》，山西人民出版社1989年版；贺新辉主编：《古诗鉴赏辞典》，中国妇女出版社1988年版）

贤相慈母：常回家看看的唐代版
——谈张九龄《耒阳溪夜行》

乘夕棹归舟，缘源路转幽。

月明看岭树，风静听溪流。

岚气船间入，霜华衣上浮。

猿声虽此夜，不是别家愁。

这是一首月夜归途抒怀的佳作。以白描的手法，借景抒情，表现了一种归心似箭、满怀喜悦的情调。明人胡震亨《唐音癸签》卷九说张九龄"首创清淡之派"。这首诗正是张九龄风格清淡之作。全诗语言朴素，没有什么雕饰，清新简练，语语发自肺腑，情真意切，韵味隽永，如同他的最为人称道的《感遇》诗十二首和《杂诗》五首一样。杜甫《八哀诗·故右仆射相国张公九龄》说："诗罢地有余，篇终语清省。"很好地概括了张九龄诗的这一风格特点。

开头二句扣题，说明夜行耒阳溪的原因和路径，表现出一种急切上路不可遏抑的兴奋的心情。首句扣"夜行"。乘夕，就是趁夜，连夜赶路。棹（zhào）这里用作动词，划动船桨，如陶渊明《归去来分辞》："或棹孤舟。""归"字表明此行是为了回家。这里"夕"字值得玩味。《诗经·唐风·绸缪》有"今夕何夕，见此良人"之句，是赞赏这见到亲人的夜晚的美好。而在张九龄诗中往往饱含着一种思家之苦。例如他的名篇《望月怀远》："海上生明月，天涯共此时。情人怨遥夜，竟夕起相思。"竟夕，用典。《后汉书·第五伦传》："竟夕不眠。"他如《秋夕望月》："清迥江城月，流光万里同。所思如梦里，相望在庭中。"可知每当夜晚，就是张九龄想家的时候，所以他才要"乘夕棹归舟"，这么兴奋而急切地往家里赶。张九龄入朝为官前后二十五年，他的母亲和妻子始终没有随他而是留在家里。据《曲江张先生文集》附录徐浩《始兴开国伯张公碑铭》的记述："太夫人乐在南园，不欲比辇，（夫人）克勤奉养，深得妇礼。"可知张九龄长年在朝，不仅不能奉养母亲，而且夫妻长期两地分居。他的《登乐游园春望抒怀》诗有"已惊玄发换，空度绿黄柔"之句，便流露了他深深的家室之思。他以孝友著称。这一点后面还要细说。

次句扣"耒阳溪"。说明航行的方向，也就是回家的路线。"缘源"的源，便是指的耒阳溪上游。耒阳溪，在湖南省耒阳县（**唐时属江南西道的衡州**），上游与郴州的郴江相接，西北流至衡州入湘江，是唐时进入岭南的一条重要水道。据《元和郡县志》卷三十四广州条："西北至上都（**长安**）取郴江路四千二百一十里，取虔州（**江西赣县**）大庾岭路五千二百一十里。"又韶州条云："西北至上都取郴州路三千六百八十五里，取虔州、吉州（**吉安**）路四千六百八十里。"所谓取郴州路，也就是张九龄当时正走的耒江这条路，如果是往长安，要比走江西的赣江那条路足足近一千里。由此可见，这郴州路还是南北交通的一条捷径。

经过上面这一点小小的考证，我们知道，张九龄是韶州曲江（**今属广东省**）人，自曾祖父始，即定居于此，属岭南道。他由长安回家，当然取郴州路，由衡州转入耒江，溯江而上，经郴州，度岭以达韶州。所以诗的头两句要说："乘夕棹归舟，缘源路转幽。"这"缘源"二字，之所以值得注意，是因为它指明了诗人舟行的方向。"归舟"虽不拘上水、下水都可用，但这里却受到"缘源"二字的制约，因而这"归舟"只能理解为上水（**船在江河中逆流航行**）。因为"源"和"流"是相对的，一般都用以指水的上游。所以苏轼有"我家江水初发源"之句，张九龄也自言"家在湘源住"（《送使广州》）。结合耒江北流的流向，诗人的溯江而上，也就是溯江而南，逆流而南。

使我不无惊喜之感的，是我发现把"缘源"解为"上水"，居然得到作者的印可。《文苑英华》卷一百六十六选录的这首诗，诗题正作《耒阳溪夜上》。这使我想起了杜甫一首题为《上水遣怀》的诗，他那时由岳阳往长沙正是逆湘水而上（王建《水夫谣》："逆风上水万斛重。"上水即指船逆流而上）。同时，我还发现张九龄诗的题目中用"夜上"的尚有《自始兴溪夜上赴岭》，也是上水之意。因此，我疑心这首诗的诗题原作"夜上"。因为"夜上"方符合当时实际情况。白居易《夜入瞿塘峡》诗："瞿塘天下险，夜上信难哉。""行"字则上下水皆可用。可能是庸人无知，改为"夜行"。如原作"夜行"，则必无人能改作"夜上"，以无此文艺素养也。但其他各本均作"夜行"，所以本文标题也就姑且"从众"了。这句的幽字，指幽谷、深谷。《诗·小雅·伐木》："出自幽谷，迁于乔木。"和下句的"岭"字呼应。

中间四句，写途中所见所闻景物，借景抒情，景语即是情语。字里行间透出非常轻松愉快的情绪。

"月明看岭树，风静听溪流。"这三、四句写远景，是宏观全景式的。放眼望去，侧耳听来，月明风静，岭树溪流，一看一听，动静相宜，美不胜收，仿佛一幅幅流动的画面在眼前闪过。正如黄庭坚诗云"天开图画即江山"。五、六句"岚气船间入，霜华衣上浮"。写近景，是微观特写镜头。回顾船间衣上，船里回荡着山林的雾气，衣上附着了重重的白霜。这一入一浮，亦动静相得。岚（lán）气，晚间山林中浓重的雾气。谢灵运《晚出西射堂》诗："晓霜枫林丹，夕曛岚气阴。"霜华，就是霜。白居易《长恨歌》："鸳鸯瓦冷霜华重，翡翠衾寒谁与共。"浮，犹言浮浮，盛貌。《诗·小雅·角弓》："雨雪浮浮。"这里写霜重。这四句写景，十分惬意，画面层次分明，清淡之中意趣盎然。

诗的最后两句："猿声虽此夜，不是别家愁。"翻用典故，点明主旨，直道回家省亲的欢快心情。而这无比的欢快是他无以比拟，无法用言语形容的。他仿佛在说，到家了，快到家了；快点划，再快点划，真是高兴极了。虽然此夜猿声不断，但心里却丝毫没有那离家别亲的肠断之愁，而是别有一番喜庆滋味在心头。此二句翻用《水经注·江水注》典故："每至晴初霜旦，林寒涧肃，常有高猿长啸，属引凄异，空谷传响，哀转久绝。故渔者歌曰：巴东三峡巫峡长，猿鸣三声泪沾裳。"杜甫是因想京华，故云："听猿实下三声泪。"（《秋兴》）如果说，在这里在此夜，诗人听见猿声也可能激动地流下泪水，那却不是离愁别绪的痛苦的泪，而是回家团聚的幸福的泪。

也许有人要问，张九龄为什么要这般不惮辛苦地急着回家、月夜上水行舟呢？如果说是为了欣赏"月明看岭树，风静听溪流"的夜景，那停船时不是同样可以欣赏吗？要解答这个问题，有必要再结合张九龄的身世和为人来加以说明。

张九龄是唐玄宗开元年间，也就是一般史家艳称为"盛唐"时期的贤相，一生高洁正直，以直言敢谏著称。他曾提拔王维做右拾遗，累迁至给事中。逝世前三年，遭谗被贬为荆州长史，还引荐孟浩然做幕僚。他曾当面劝告唐玄宗提防安禄山的狼子野心，惜不听从。安史乱后，他已去世。李肇《唐国史补》说："玄宗至蜀，每思曲江（张九龄）则泣下，遣使韶州祭之，兼赍货币以恤其家，其诰辞刻于白石山屋壁间。"很是怀念他。杜甫《八哀诗》序说的"感旧怀贤，终于张相国"，就是指的他。

他早年丧父，对母亲特别孝顺。长安，是当时人们心向往之的帝京，在长安任京官，更是人们求之不得的，"班生此行，何异登仙"的故事，便是明证。但张九龄却总是念念不忘他的母亲。唐玄宗还是通情达理的，往往给予照顾。开元四年（716）派他去开大庾岭路，他因而得以便道回家探母。开元十五年（727）由冀州刺史改任洪州（今南昌）刺史，因离曲江较近，他也得以回过一次家。

但从这首诗流露的喜悦心情来看，最大的可能还是应写于开元十八年（730）的一次还家途中。这一年，他五十三岁，老母当在八十岁左右，正是所谓"日薄西山"。就在这年，他被任命为都督桂州诸军事、守桂州刺史、兼岭南道按察使、摄御史中丞，借紫鱼金袋（*同时他的两个兄弟九章、九皋也被任命为岭南道刺史，方便他们看望母亲*）。唐制，三品以上衣紫，佩金鱼袋，是当时引以为荣的最高章服，杜甫就曾以"金章紫绶照青春"的诗句赞美过章彝。白居易《初著绯，戏赠元九》诗也说："那知垂白日，始是著绯年。……我朱君紫绶，犹未得差肩。"又《自咏》诗："金章朱佩虽未贵，银榼常携亦不贫。"张九龄彼时官阶为正四品，但既特许"借"，即与真无异，这是一殊典。御史中丞，威权很重，掌持刑宪，弹劾百僚。最重要的是，唐分全国为十道，置十道按察使，是最高地方长官。曲江属岭南道，即以张为该道按察使，显然是唐玄宗为了酬劳而有意成全他，像唐高祖任命姜謩为本州（*秦州*）刺史一样，让他"衣锦还乡"。

而这对于张九龄来说，则更有可喜之处，即藉此可以博取老母的欢心，并实行"昏定晨省"。所以他对玄宗很是感激，《奉使自蓝田玉山南行》诗说："通籍微躯幸，归途明主恩。匪惟徇行役，兼得慰晨昏！"他的《与弟游家园》诗说得更简练："定省荣君赐，来归是昼游。"昼游，是翻用项羽的话"富贵不归故乡，如衣锦夜行"。

现在，我们可以回答上面提出的问题了。张九龄为什么要这样不分昼夜地赶路，原来是为了尽可能快地回家登堂拜母。所以，在这次奉使南行的途中，一种异乎寻常的喜悦，使他写出了不少异乎常情的新诗句。如《初入湘中有喜》诗："征鞍穷郢路，归棹入湘流。望鸟惟贪疾，闻猿亦罢愁！"特别是末一句。从古以来，人们都是闻猿堕泪，悲愁欲绝，他却说"闻猿亦罢愁"。这句诗，也就是《耒阳溪夜行》诗结句"猿声虽此夜，不是别家愁"最好的注脚。何尝有一点伤感气？

回头来看，按张九龄为岭南道按察使的制书是开元十八年七月三日下的，据《元和郡县志》载，衡州"西北至上都（长安）二千九百五十里"；又载，耒阳县"西北至（衡）州一百一十八里"，这样加起来就有三千一百一十八里，在当时交通条件下，要走这样远是需要时日的，特别是由洞庭湖进入湘江后，一路都是逆水行舟，当然一路上还少不了应酬，因此，我估计他到耒阳时当在八月中秋左右，这和诗中"霜华衣上浮"

　　　　　　　　　　　　　　　　风诗心赏

所反映的季节也是吻合的。

最后附带说一下，张九龄的这首《耒阳溪夜行》诗，除《全唐诗》外，凡见于六种文献典籍，全都无一例外地署上他的名字，并且无一处出现"一作某人"的字样。因此著作权无可置辩地应属于张九龄。当开元十八年张九龄写这首诗时，杜甫才十九岁，正在现在的山西省旅游，而戎昱则还没有出生。本诗和戎昱、杜甫都丝毫无关。然而三百年来，张九龄的《耒阳溪夜行》诗一直被误认为戎昱的作品，近来甚至有人据以作为杜甫死于耒阳的"铁证"，问题牵涉益大，我感到有必要加以澄清，物归原主，勿再传讹，故作此篇。

乾按：本文据萧涤非先生《〈耒阳溪夜行〉的作者是张九龄——它不可能是杜甫死于耒阳的"铁证"》一文改写。

（原文载《文史哲》1985年第5期，收入《萧涤非文选》，山东大学出版社2006年版；《萧涤非杜甫研究全集》上编，黑龙江教育出版社2006年版。莫砺锋教授《〈耒阳溪夜行〉诗不足为据》一文，亦确证为张诗，可参读，见《二十世纪的杜甫》，华艺出版社2006年版；《萧涤非杜甫研究全集》附编，黑龙江教育出版社2006年版）

会当凌绝顶　一览众山小

——谈杜甫《望岳》

岱宗夫如何？齐鲁青未了。

造化钟神秀，阴阳割昏晓。

荡胸生层云，决眦入归鸟。

会当凌绝顶，一览众山小！

杜甫《望岳》诗，共有三首。这一首是望的东岳泰山，写于唐玄宗开元二十四年（736）他二十五岁开始漫游齐鲁时，是现存杜诗中年代最早的一首。字里行间洋溢着青年人所特有的那种蓬蓬勃勃的朝气，强烈地感染着读者。

全诗没有一个"望"字，但句句是望岳。距离是由远而近，时间是从朝至暮，并悬想将来的登岳。有同志认为此诗当作于泰山山麓作者开始登山之时，那倒不见得。在一种"可望而不即"的情况下，登山的欲望往往是更为强烈的。

首句"岱宗夫如何？"写乍一望见泰山时，高兴得不知怎样形容才好的那种揣摩劲，非常传神。"夫如何"，就是到底怎样呢？"夫"字在古文中是通常用作一篇文章的开头或另起头的虚字，这里用入诗句中，是个新创，很别致。这个"夫"字，虽无意义，却少它不得，所谓"传神写照，正在阿堵中"。

"齐鲁青未了"，是经过一番揣摩后得出的答案，真是"惊人"之句。它既不是抽象地说泰山高，也不是像谢灵运《泰山吟》那样用"崔崒刺云天"这类一般化的语言来形容，而是别出心裁，根据自己的实践，在齐鲁两大国的国境外还能望见这一远距离来烘托出泰山之高。我们知道，泰山之南为鲁，泰山之北为齐，所以这一句的描写还具有特征性，写其他山岳不能挪用。明莫如忠《登东郡望岳楼》诗说："齐鲁到今青未了，题诗谁继杜陵人？"他特别提出这句诗，并认为无人能继，是有道理的。

"造化钟神秀，阴阳割昏晓"两句，仍是写远望中所见泰山的秀丽和高大的形象。是上句"青未了"的注脚。"钟"字，写得大自然有情。山前向日的一面为"阳"，山后背日的一面为"阴"，由于山高，隐天障日，天色的一昏一晓判割于山的阴、阳面，所以说"割昏晓"。"割"本是个普通字，但用在这里，确是"奇险"。从这里可以看出诗人杜甫那种"语不惊人死不休"的创作作风，在他的青年时期就已养成。

"荡胸生层云，决眦入归鸟"两句，是写近望。见山上浮云层出不穷，故心胸亦为之荡漾；因长时间目不转睛地望着，故感到眼眶有似决裂。"归鸟"是投林还巢的鸟，可知时已薄暮，诗人还在望。不言而喻，其中蕴藏着诗人对祖国河山的热爱。

"会当凌绝顶，一览众山小"这最后两句，写由望岳而产生的登岳的意愿。"会当"是唐人口语，意即一定要，如王勃《春思赋》："会当一举绝风尘，翠盖朱轩临上春。"有时单用一个"会"字，如孙光宪《北梦琐言》："他日会杀此竖子！"所谓"会杀"，即"一定要杀"之意。即杜诗中亦往往有单用者，如："此生那老蜀，不死会归秦！"（《奉送严公入朝》）有人把"会当"解作"应当"，便欠准确，神气索然。据杜甫晚年写的回忆诗《又上后园山脚》："昔我游山东，忆戏东岳阳。穷秋立日观，矫首望八荒。"是诗人确曾登上日观峰，实践了他自己许下的诺言。

从这两句富有启发性和象征意义的诗中，我们可以看到诗人杜甫不怕困难、敢于攀登绝顶俯视一切的雄心壮志。这种雄心壮志正是杜甫能够成为一个伟大的诗人的关键所在，也是一切有所作为的人们所不可或缺的。这就是为什么这两句诗千百年来一直为人们传诵，而至今仍能引起我们的强烈共鸣的原因。浦起龙认为杜诗"当以此诗为首"，并说杜甫的"心胸气魄，于斯可观。取为压卷，屹然作镇"也正是从这两句诗的象征意义着眼的。杜甫在这两句诗中所表现的力争上游的精神，和他在政治上"自比稷与契"，在创作上"气劘屈贾垒，目短曹刘墙"，正是一致的。

杜甫这首《望岳》诗，被后人推为"绝唱"，并刻石为碑，立在山麓。无疑，它将与泰山同垂不朽。

（1980年3月为《山东画报》作）

附记

最近读到许永璋同志的《说杜诗〈望岳〉》一文（见《文学评论》1980年第4期），认为这首《望岳》是"登岳而望"，与其他两首《望岳》的"向岳而望"不一样。此说甚新，前所未闻，但很值得商榷。（1）与诗题矛盾。诗题明明是"望岳"，写望中所见之岳，如系"登岳而望"，则题当云"登岳",不得以"望岳"为题。（2）"青未了"之"青"，分明是指泰山山色，如理解为登岳而望，则"青"字将落空；韩愈诗"草色遥看近却无"，山色也是一样。而且"青未了"三字亦殊费解。（3）孔丘说"登泰山而小天下"，杜甫回忆他站在日观峰上时也说"矫首望八荒"，既是登岳而望，似不得以"齐鲁"二国为限。（4）许同志谓诗中的实景，"必须登岳才能写出"，我的看法恰相反。因诗中所写乃泰山全貌，必须置身泰山之外才能写出，所谓"不识庐山真面目，只缘身在此山中"也。（5）许同志虽然也认为末二句是"虚摹""假想""预期"，但又联系"穷秋立日观"这句追叙的诗，把"凌绝顶"的起点放在日观峰上，说"诗人当时只登上日观峰，而未登绝顶"，所以他"还想登上丈人峰而一览"。这也未免牵强、拘泥；且与"会当"二字所表现的那种坚定、决绝的语气不够贴切。从山脚下攀登绝顶，和从日观峰上再登绝顶，难易是大不相同的，非下大决心不可。因此，我认为这首《望岳》，同样是"向岳而望"，而不是"登岳而望"。吴见思《杜诗论文》说："唐人作诗，于题目不轻下一字，亦不轻漏一字，而杜诗尤严。"如果把这首诗说成是"登岳而望"，那实际上等于说杜甫写了一首"文不对题"的走作的诗。这也许是许同志始料所不及的吧。

萧涤非

1980年7月

（《杜甫研究》修订本，齐鲁书社1980年版，收入袁行霈先生主编：《历代名篇赏析集成》，中国文联出版公司1988年版；余冠英先生主编：《中国古代山水诗鉴赏辞典》，江苏古籍出版社1989年版；萧涤非、刘乃昌先生主编：《中国文学名篇鉴赏辞典》，山东大学出版社2007年版）

附：再谈《望岳》

杜诗中有三首《望岳》诗，我们这里谈的是望东岳泰山的一首，是现存杜诗中写作年代最早的一首，大约作于二十五岁。这首《望岳》可以说是杜诗名篇中的名篇，因为它已经和我们祖国的名山泰山融为一体了。到过泰山的同志都会看到从泰山的山脚下到泰山的山顶上，沿途岩壁，都不断地刻着这首诗，有的是全文，有的是个别词句。这首诗不仅出色地表现了泰山的高大、雄伟、庄严，而且通过"会当凌绝顶，一览众山小"这样两句诗典型地表现了我们中华民族所共有的那种不怕艰苦、敢于攀登高峰的伟大性格。这就是为什么历代人们都乐于在泰山上题刻这首诗的原因。杜甫本人之所以能成为一个伟大的诗人，其奥秘也就在此。

但是，这一名篇也存在一些问题。

第一个问题，是打头第一句"岱宗夫如何"的"夫"字的解释问题。这个"夫"字，历来都理解为语助词，是个虚字，无实际意义，这原是对的。清人翁方纲在他的《复初堂文集》里才从训诂的角度把"夫"字解作"彼"字，说"夫"字"乃实按之词，非虚字也"。近来山东大学中文系编的《杜甫诗选》，以"夫"为"指代词"，大概即本于翁说。此说虽新，实不可从。"夫"字虽是语助词，没有它也无损于诗意。但却少它不得，也更换不得。因为它能生动地传达出诗人乍一望见泰山时那种心口相商的琢磨神态。清人金圣叹说："夫如何，犹云一部十七史从何处说起？一题当面，心于茫然，更落笔不得，恰成绝妙落笔。此起二语，皆神助之句。"（《杜诗解》）这解说很好。要给泰山写照，真是谈何容易！"齐鲁青未了"这一千古名句，正是从不知从何说起的苦思中说出来的。以望见的距离之远来暗示泰山之高，这构思，这手法，也是创新的。现在，如果把"夫"字训为"彼"，那活句便变成了死句、硬句，毫不传神，索然寡味。杜诗使用古文中常见的虚字为之乎者也矣焉哉之类的地方很多，即以"夫"字而论，诗中就有四五处，都是用作虚字。这里不过是其中之一，毫不足异。

第二个问题，是"会当凌绝顶"这句中的"会当"一词的解释问题。根据现行的各家注本，关于"会当"一词的解释有两种：一种是把"会当"解为"合当"或"应当"。张相的《诗词曲语辞汇释》就是这样解释的，并援引杜甫这两句诗为证，从这一说的颇不少。另一种是把"会当"解为"定要"或"一定要"。这是根据《资治通鉴》胡三省的注"会，合也、要也"而略加引申的。前一种解释也不能说错，但结合这句诗来看，却是"似是而非"。因为不够准确，不够肯定。只有解为"定要"或"一定要"才能如实地表达出诗人由于望岳而引起的那种必欲以一登泰山为快的决心和激情。应不应当，是个理性问题；而要不要，则是个感性问题。诗歌是需要真情实感的。正是在这一决心的鼓动下，诗人曾登上了绝顶。"会当"一词，原是唐人的口头语，有时不说"会当"而说"会须"。如《资治通鉴》（卷一百九十四）："上（唐太宗）尝罢朝，怒曰：'会须杀此田舍翁（按：指魏徵）！'"这个"会须"，如解为"应当"或"合当"便不符合发怒时的口吻。李白、杜甫诗中也都习见。有时只用一个"会"字，如杜诗"不死会归秦"，也就是说，只要我不死就一定要回到故乡去。《孔雀东南飞》写焦仲卿向母亲求情，他母亲"捶床便大怒"时说："吾已失恩义，会不相从许！"这个"会"字也只有解作"决"或"定"才能显示出焦母的蛮横和怒气。（新《辞海》释为"当然、应当"，欠确。）有的注本，两说并存，不加可否，也是不足取的。

第三个问题，是立脚点问题，即杜甫是站在什么地点来写这首诗的。这首诗历来都一致认为是杜甫在一定的远距离内望泰山而作的。但近来也有不同看法。我的老朋友臧克家同志在《杜诗异想录》一文中（见《臧克家散文小说集》上册，第377页）说"此诗是杜甫站在泰山低处，如'斗母宫'上下，仰望高处的兴来之笔"，许永璋同志的《说杜诗〈望岳〉》（见《文学评论》1980年第4期），则更把杜甫的立脚点提到吓人的高度——日观峰。这很值得商榷，特别是许同志的看法。因为他认为这首诗不是"向岳而望"，而是"登岳而望"。我在拙作《杜甫研究》（1980年版）中曾有所论及，这里想再谈谈。我是不同意这一看法的。理由之一，是跟诗题矛盾。诗题明明白白是《望岳》，硬要把它改成是"登岳而望"，这岂不是说杜甫写了一首"文不对题"的诗吗？吴见思《杜诗论文》指出："唐人作诗，于题目不轻下一字，亦不轻漏一字，而杜诗尤严。"这确是事实，值得注意。如果是登岳而望，杜甫为何不以"登岳"为题？以"望岳"为题，望的对象只能是岳，而"登岳而望"，那望的对象又是什么呢？一般都说"得陇望蜀""这山望着那山高"，我们总不能说"登泰山而望泰山"吧。理由之二，是"齐鲁青未了"这一句讲不通。"青"，只能是指泰山的山色。而这种青青的山色是只能在遥望中看到的，越是逼近山就越看不到。韩愈有句诗："草色遥看近却无。"山色尤其是这样。这就是说，这个"青"字便无着落，便要落空。登高望远，四顾茫茫，哪里来的青色？而且也不能限以"齐鲁"。孔子说"登泰山而小天下"，杜甫自己晚年追叙他登上泰山时的情况也说："穷秋立日观，矫首望八荒。"区区齐鲁二国能限制得了吗？理由之三，是"造化钟神秀，阴阳割昏晓"。这两句关于泰山的全貌的整个形象，只有置身于泰山之外才能摄取，才能写出。苏轼诗："不识庐山真面目，只缘身在此山中。"这话很有道理。入乎其中而不能出乎其外，所见只能是局部的东西。李白诗"庐山秀出南斗旁"，这也是望中所见的庐山。

　　还有，如解作"登山而望"，对"决眦入归鸟"一句，也说不过去。因为既然费了很大的力气登上了日观峰，高瞻远瞩，心旷神怡，哪还有工夫去看什么鸟儿，而且是睁大眼睛看呢。问题很清楚，不是诗人要看鸟，而是傍晚时还山投宿的"归鸟"刚好飞入诗人的望中，因为方向一致，所以用了一个"入"字，并把这个镜头写进诗里。诗人之意，仍是在山而不在鸟。从"归鸟"的"归"字，我们还可以想见诗人是从朝至暮都在望着泰山的。理由之四，是和"会当"二字所表现的那种下定决心、不怕困难的语气不协调、不贴切。我现年已七十七岁，在山东前后凡四十年，未一登泰山。今年很幸运，得到一个好机会，叨"四化"的光，凭借索道登上了泰山极顶。我这才了解到，日观峰就在岱顶的东侧，相去三百米左右，两地之间也无任何陡坡，它的高度仅略低于岱顶。到了日观峰，已经可以说是"凌绝顶"了。前引杜诗"穷秋立日观"也证明杜甫就是以日观峰为绝顶的。已经"凌绝顶"，还大喊什么"会当凌绝顶"呢？许同志说："诗人当时只登上日观峰，而未登绝顶。"所以他"还想登上丈人峰（按：即岱顶）而一览"。这也是不合实际的，因为日观峰并不是登上丈人峰的必经之路。总之，把写诗的立脚点放到日观峰上，可以说是无一是处。

关于《望岳》就讲以上三个问题。

（据1983年手稿）

感时花溅泪　恨别鸟惊心
——谈杜甫《春望》

国破山河在，城春草木深。

感时花溅泪，恨别鸟惊心。

烽火连三月，家书抵万金。

白头搔更短，浑欲不胜簪。

在解释《春望》这首诗之前，我想先简括地介绍一下它的作者杜甫和杜甫写作这首诗的经过。

杜甫是我国伟大的爱国诗人。叶剑英同志曾用这样的诗句赞扬杜甫："爱国孤惊薄斗牛！"他是可以当之无愧的。杜甫字子美，唐睿宗延和元年（712），生于河南巩县南瑶湾村的一座笔架山下（现已辟为杜甫故居纪念馆），唐代宗大历五年（770）冬，他从长沙北上，打算经过岳阳和襄阳北归故乡，舟行至洞庭湖，因病，死在他自己仅有的一条破船上。他一共活了五十九岁。

杜甫的一生，基本上是在人民群众中、在流离困苦中度过的。不错，他早年有过长期的快意的漫游生活，但重要的是他也挨过饿，受过冻，吃过许多苦头。所以他曾经一再地把自己比作"丧家狗"。他做过左拾遗的官，侍候过皇帝老子，但他却欢喜与"田夫野老相狎荡"（和农民打交道），欢喜住在"淳朴"的农村。为了国家的利益他不怕牺牲："济时肯杀身！"因此，他写下了许多有关国家命运和人民疾苦的诗，有很多情况连史书上都找不到。人民是有眼光的，人民是公正的，从唐代到现在，一千多年来，他的诗被称为并被公认为"诗史"。其实，也就是杜甫的"爱国史"。我们这里要谈的《春望》便是这样一首具有双重性质的爱国诗篇。它既是历史的真实记录，又是诗人爱国精神的结晶。

《春望》的写作经过是这样：唐玄宗天宝十四年（755）十一月，爆发了安史之乱。这是一个带有民族矛盾性质的叛乱。因为安禄山本人和他的部属很多都是胡人，他又实行民族压迫，到处烧杀淫掠。由于中原地区毫无准备，人民又多年不习刀枪，叛军很快就攻陷了洛阳（东京），第二年六月，又攻陷了京师长安。唐玄宗慌忙逃往四川。这时，杜甫也带着家小和难民们一起向陕北逃亡，一直逃到鄜州（今富县）的羌村。这年七月，太子李亨（肃宗）即位灵武，杜甫听到这一消息，感到国家兴复有望，便撇下家小，只身投奔灵武。不幸半路为胡兵所俘，被送到沦陷的长安。在这里，诗人第一次感受到亡国的酸辛。他亲眼看到安史叛军的屠杀、焚烧、抢掠种种罪行，但没有办法。他甚至于失去了为祖国的横遭蹂躏而痛哭的自由，他只能是"吞声哭"。因为一哭出声，那就有生命危险。尽管处境险恶，但他并没有为敌人所吓倒，也没有丧失信心，更没有放下他的笔。他写下了一系列的充满爱国激情的诗，如《悲陈陶》《悲青坂》《哀江头》等。《春望》便是其中著名的一首，写于唐肃宗至德二年（757）也就是杜甫陷身长安的第二年的春天。这就是《春望》的写作经过。

这是一首五言律诗，虽只有八句、四十个字，但由于语言的精练，却包含着丰富的思想内容。下面我们就来解释全诗。

"国破山河在，城春草木深。"这头两句写望中所见沦陷了的长安的悲惨景象，从而揭露安史叛军的罪行，表达了对祖国国都的哀悼。诗人冲口而出的"国破"二字，是全诗的主题，下文都是从此派生的（有同志说这首诗的主题是"恨别"，"国破"句中的"忧国的思想因素是次要的，不是全篇的宗旨"。这是不确切的）。国家一破，万事全非，一切都遭到彻底的破坏，只有山河还依旧存在，但那也是一个叫人见了更加伤心的存在。春天的长安（这是当时世界上最大的城市），在平时真是说不尽的繁华热闹，而现在呢？由于叛军的摧残，变得草木丛生，人烟稀少。面对着这些凄凉景象，怎能不令人痛哭流涕？我们要知道"国破山河在"，这五个字中，就已经有了泪。这里的"山河"可以是泛指，但如果具体到杜甫写这首诗时所望的山，那就是唐代诗人千百次提到的在长安城南五十里的终南山。我国另一位伟大的爱国诗人屈原，当楚国的国都（郢）被秦军攻破时，曾写了一篇《哀郢》，其中有"望北山而流涕"的句子，杜甫当时也正是望南山而流涕的。

"感时花溅泪，恨别鸟惊心。"这是杜甫著名的两句诗。"感时"句紧接上两句来。"时"指时事或时局，也就是通常说的"现实"。这里即指上文的"国破"。花本美丽，讨人喜爱，但因伤心国破，所以见了花反而更觉伤心，以至于流泪，而且是泪珠四溅。溅泪的是人，不是花。有同志说这是诗人由带着露水的花，联想到花也在流泪。这说法是不对的。带露的花只能说"泣"，前人也确有把花上的露珠和眼泪联系起来的，但也只是说"泣"，如"槛菊愁烟兰泣露"（宋人晏殊《鹊踏枝》词）、"蘋老犹残泣露花"（宋人陆游《幽事诗》），却不能说"溅"。因为花上的露是静止的，而"溅"却是跳跃式的，杜甫另一句诗"涕泪溅我裳"便是证明。"恨别"句写一家离散之苦。这句起下，但和上句"感时"又密切关联着，因为正是由于"国破"，才带来了"家亡"。莺歌燕语本来是好听的，但因怀念亲人，所以听了反而使人感到心惊。这两句要活看，它们之间是相互关联，相互渗透的。感时之中，包括恨别；恨别之中，当然也有感时。同时也不要以为只有花才能使人溅泪，只有鸟才能使人惊心，比如杜甫"晓莺工迸泪"这句诗，不就是由于鸟而溅泪了吗？又比如他的"花近高楼伤客心"这句诗，不就是由于花而惊心了吗？这两句诗，由于诗人思想感情的复杂、曲折，在句子结构上也形成了一个三折的句式，因此，在读法上也最好分作这样三段："感时——花——溅泪，恨别——鸟——惊心。"花、鸟二字，必须独立出来。

"烽火连三月，家书抵万金。"这两句正写恨别。"烽火"，指战争。"连三月"，有两种解释：一、指至德二年的正月、二月、三月，也就是一连三个月的意思；二、指至德元年的三月和至德二年的三月，也就是连逢两个三月的意思。第一种解释，理由很不充分。第一，不合情理。三个月不接家书，乃是常事，何至于就急得大喊"家书抵万金"？何况他陷在长安，到这时已有八个月，为什么只提最近的三个月呢？第二，不合史实。杜甫是至德元年八月被俘到长安的，这年十月在长安附近发生过陈陶斜和青坂两次战争，杜甫为此还写了两首诗；接着，十一月郭子仪又和安史叛军战于榆林，他怎能把这几个月的"烽火"不算在内，而只说是一连三个月呢？而且在他被俘以前的几个月早已是烽火连天了。由此可见，只有从第二种解释，才能和"家书抵万金"的焦急心情更为切合。安史之乱至此已有一年多，杜甫这里说连逢两个三月（即一周年），是一个大致的说法，不过表明丧乱之久罢了。上面说过，杜甫曾把家小安顿在鄜州的羌村，他的妻子带着两个小男孩和两个小女孩，他乡作客，死活不知，而他自己又陷身长安，所以非常渴望能得到家中的消息。"抵万金"是说价值万金，形容家书的难得。

"白头搔更短，浑欲不胜簪。"这两句是全诗也是春望的结束。由愤激转入沉思。国破家亡，自己又被俘，难道能坐以待毙吗？不能。得想办法逃出去。搔头，看来是古今人在急切想不出办法时一种共有的习惯动作。白头即白发，不说"发"而说"头"，是因为平仄的关系，律诗是讲究平仄的。"短"是短少。白发本来就少，搔头时又脱落了，所以说"更短"。

短少到什么程度呢？这就是末句所描写的。"浑欲"，是"差不多要"或"简直要"的意思。古人蓄发，簪子是用来别住发髻的。"胜"读平声，"不胜簪"是说连簪子都别不住了。杜甫这时只有四十六岁，他的头发是在"陷身贼庭，愤惋成疾"的情况下才全变白的，所以他说"遭乱发尽白"。这都是老实话。

大约在写《春望》诗之后一个月，杜甫终于冒着生命危险，设法逃出长安，穿过两军对垒的危险地带，抄小路奔向凤翔（当时政府所在地）。从长安到凤翔，有三百一十五里，还得躲避胡人耳目，这是很不简单的。"麻鞋见天子，衣袖露两肘。"这是他进见肃宗时的狼狈样子，但也正是一个不怕牺牲的爱国志士和民族英雄的光辉形象！

杜甫逃出长安，要是从个人感情出发，他满可以先到羌村看看家小，再往凤翔也不迟，但他没有这样做。当他做了左拾遗之后，也未尝不可以请个假去探探亲，但他还是没有这样做。直到这年闰八月，他因事触怒了肃宗，肃宗命令他"还鄜州省家"，他这才回到羌村。"妻孥怪我在，惊定还拭泪。"原来他的爱人还以为他不在了呢。这是一个多么感人肺腑的场面啊！杜甫这种以个人利益服从国家利益的行动，也有力地证明了《春望》这首诗的主题，是伤心国破的"感时"，而不是怀念家人的"恨别"。这是不容歪曲的。

由于安史叛军大搞民族分裂，不得人心，这年九月，长安即由有回纥兵参加的唐军收复。十月，杜甫带着家小又回到长安。第二年六月，他被贬官，离开了长安，不久，他索性弃官不做，开始了为期十年以上的漂泊生活，直到他死去。从此，他再也没有回过长安。但他总是念念不忘长安，实际上也就是念念不忘祖国。因为那时的长安，正是祖国的心脏。这些都是以后的事。

关于杜甫及其诗《春望》，就谈这些。

1980年3月

（春蕾出版社《初中课程辅导》1980年第1期，收入《杜甫研究》，齐鲁书社1980年版；《萧涤非杜甫研究全集》，黑龙江教育出版社2006年版）

　　　　　　　　　　　　风诗心赏

痛并奉献着：平民伟大的爱国主义的悲壮诗史
——谈杜甫《石壕吏》

　　暮投石壕村，有吏夜捉人。老翁逾墙走，老妇出门看。

　　吏呼一何怒！妇啼一何苦！听妇前致词："三男邺城戍。一男附书至，二男新战死。存者且偷生，死者长已矣！室中更无人，惟有乳下孙。有孙母未去，出入无完裙。老妪力虽衰，请从吏夜归。急应河阳役，犹得备晨炊。"

　　夜久语声绝，如闻泣幽咽。天明登前途，独与老翁别。

　　杜甫是我国文学史上最伟大的现实主义诗人，在我国现实主义诗歌的发展上，占有承前启后、继往开来的特殊重要地位。而他所写的"三吏"和"三别"，则是他的现实主义诗篇的光辉顶点，具有划时代的意义。"三吏"，就是《新安吏》、《潼关吏》和《石壕吏》；"三别"，就是《新婚别》、《垂老别》和《无家别》。从诗的题目的整齐上和篇数的对称上，我们可以看出：这六首诗是杜甫有计划、有安排写成的组诗，是他"苦用心"的产物，因此特别值得我们用心来阅读。在这篇文章里，我们只谈一谈"三吏"中的《石壕吏》。

大家知道，文艺是现实生活的反映，而杜甫的诗，自唐以来就被公认为"诗史"，和现实生活的关系尤其密切。因此，在解释作品以前，有必要简单地叙述一下"三吏""三别"写作的时代背景。那是公元759年的春天，当时安禄山已经被他的儿子安庆绪杀死，长安和洛阳也都先后收复了，唐朝大将郭子仪等九个节度使的六十万大军把安庆绪包围在邺城（**现在河南省安阳县**），整个局势眼看就要好转。但是，由于统治者的昏庸，战略上犯了错误，只知道死死包围邺城，不知道分兵直捣敌人的巢穴，尤其错误的是没有设立一个统帅，九个节度使九个头。结果，就在三月三日那天被史思明的援兵打得全军溃散。这一败，当然非同小可。为了补充兵力，防止局势的进一步恶化，唐王朝便首先在洛阳到潼关这一带，实行毫无章法、暗无天日的拉夫政策，不管老少，甚至不论男女都要被抓去服兵役。人民的痛苦真是一言难尽。但是，由于安史之乱是带有民族矛盾性质的叛乱，当时进行的战争是维护统一、制止分裂的正义战争，因而当时人民一没有起来革命，二没有远走高飞，而是忍受着痛苦走上了战争前线。这时候，杜甫正好由洛阳经过潼关赶回华州，他亲眼看到这些可歌可泣、可痛可恨的种种情况，于是写成了"三吏""三别"这六首诗。这六首诗，一方面表达了杜甫高度的爱祖国、爱人民的思想感情；另一方面在全面揭露黑暗残暴的兵役制度的同时，也表现了人们那种坚韧的爱国精神，塑造了各种不同类型的爱国者的形象。

现在我们就来解释《石壕吏》这首诗。

《石壕吏》这首诗的主题，可以说就是"捉人"，这是当时兵役中最不合理、最残酷，因而也是最悲惨的一幕。诗的结构，是以时间先后为顺序的，由暮而"夜"，由夜而"夜久"，由夜久而"天明"。诗中的三个"夜"字，正是线索所在，不要忽略。

大家知道，诗是精练的语言，杜诗的语言则更加精练，这从诗的开头两句就可以看出。"暮投石壕村，有吏夜捉人。"从"暮投石壕村"到"有吏夜捉人"这中间是有一段相当长的过程的，比如老翁、老妇如何迎接招待，自己吃过晚饭以后如何就寝，睡得正熟如何又被打门的声音惊醒，等等。但是，对这些杜甫却一字不提，都剪裁了，第二句就落到主题上，说"有吏夜捉人"。这样，一下子就抓住了读者的注意力，非常紧凑。就拿暮投的"投"字来说，"投"是投宿，但又有投奔的意思，用"投"字就兼能暗示出这是一个兵荒马乱的年头，所以一个赶路人急于找住宿的地方。

差吏为什么要在夜里来捉人呢？显然是为了乘老百姓没有准备，十拿十稳。但是经验告诉了人民，半夜三更来打门，绝没有好事。所以"老翁逾墙走，老妇出门看"。老翁一屁股爬起来就翻过墙头逃跑了。古人说"走"，等于咱们现在说"跑"。老翁跑了，老妇这才慢慢地来开门。"出门看"的"看"字读平声，在古韵中它和"村"字、"人"字是可以通押的。从前有人觉得"看"字出了韵，于是有的改成"出看门"，有的改成"出门首"，还有把"看"字改成迎接的"迎"字，都是错误的。这个"看"字用得很准确，很传神。它写出了老妇那种故意装糊涂的神情，好像她并不知道是公差来捉人，因而开门看看。这以上四句是第一段，是"捉人"的序幕。

由于老妇的迟迟开门，狡猾的差吏早怀疑有人逃跑，又等得恼火，所以当门一打开便发作起来了，咆哮如雷。老妇人家哪里见得这种凶神恶煞，吓得哭不成声，只是直着嗓子啼叫。这就是"吏呼一何怒，妇啼一何苦"两句所描写的情况了。"一何"这个词汇，我们现在已经不用，但是古人却常用。它含有"无以复加""到了极点"一类意思，相当于咱们现在说的"怎么这样的"。古人对于闻所未闻、见所未见的东西常常用"一何"两个字来形容。这两句连用两个"一何"，也非常概括，而又爱憎分明，可以说是传神之笔。读到这两句，我们至今还能感到诗人杜甫当时那颗紧张得直跳的心，并且随着他一同密切注意事态的发展而倾耳细听起来。

从"听妇前致词"以下就是老妇的诉苦了。这个"听"字很值得注意，它说明事件是发生在夜里，作者是在房间里，什么都看不见，只有运用听觉。事实上，不只是老妇的话，凡是天明以前的一切动态都是诗人凭耳朵听来的。但是"听"字用在这个地方却非常得力，非常合适。"听妇前致词"的"前"当上前讲。"前致词"就是上前答话。

老妇的话是很多的，杜甫把它概括成十三句。这十三句可以分作三层。"三男邺城戍。一男附书至，二男新战死。存者且偷生，死者长已矣！"这五句是第一层。"邺城戍"，就是说的九个节度使的兵围攻邺城那回事。从这一句我们应该看到：这是一个光荣之家，这个人家一下子就献出了三个儿子。"附书"是托人顺便捎个信。"二男新战死"，是说有两个儿子最近牺牲了。不用说，他们就是三月三日那天邺城大败时候牺牲的。应该指出，老妇这两个为国牺牲的儿子，如果用诗人杜甫在《悲陈陶》那首诗里所用的称号，那就是"义军"了。"存者且偷生"，这个"存者"包括没有战死的那个儿子和家里的人。"且偷生"，是说姑且活一天算一天，可见得生命也完全没有保障。"长已矣"，是说不消说起，他们都永远完了。老妇说这几句话的目的，是想向差吏摆事实，讲道理，意思是：像我们这样的人家，你还忍心逼着要人吗？语气里带着哀求，心情也是沉痛的。她满以为这样可以打动抓人的差吏，哪里知道统治者的爪牙比野兽还凶狠，他根本就不理你这一套，他只知道要人。也许他这时候发觉房里有动静，疑心老妇有隐瞒，这就又逼得老妇说出下面的话："室中更无人，惟有乳下孙。有孙母未去，出入无完裙。"这四句，也就是第二层。

"乳下孙"是还在吃奶的孙子。"有孙母未去"，是说正因为有这么一个小东西撇不下，我的媳妇才没有走。"出入无完裙"，是说进进出出连一条好裤子都没有，破破烂烂的见不得人。"有孙母未去，出入无完裙"这两句，有的本子写作"孙母未便出，见吏无完裙"。我怀疑这可能是杜甫的原稿，而我们现在读到的，则是他的改定本。杜甫是常常修改自己的作品的。原稿这两句也并不坏，但不如改定的好。用"出入"二字更含蓄。连人都见不得，见不得差吏就自然不在话下了。

　　老妇像报户口一样对差吏说这番话的意思，是要使他相信自己讲的都是老实话，没有瞒过一个人，同时叫他知道：你就是要捉，也无人可捉。难道你们这班畜生连我们婆媳这种妇道人家也要捉去不成？其实，杜甫清楚，我们也清楚，老妇的话是有欺骗的，她隐瞒了她的老伴儿。但是我们要把这欺骗看作是人民对万恶的统治阶级的一种反抗。由于差吏的不讲情理，老妇这时候的心情显然已经由悲痛转为愤恨了。

　　接下去，老妇就说："老妪力虽衰，请从吏夜归。急应河阳役，犹得备晨炊。"这四句是第三层，是老妇最后的诉说，也是她的爱国精神的表现。老妇见左诉苦不行，右诉苦不行，如狼似虎的差吏还是逼她非交出人来不可。怎么办？她不能不考虑这个最现实的问题。让媳妇去吗？不行，小孙子得饿死，那简直是两条人命；把老伴交出去吗？也不行，一家不能没个男人，而且已经对差吏隐瞒了自己的老伴儿。好吧！现在既然前方军事吃紧，官府又一定要人，那我就自己去吧！说不定在河阳前线上还能碰见自己那个未战死的儿子呢。消灭敌人，倒也应该，别的不说，自己的两个儿子不就是丧在他们的刀下吗？这样，老妇把爱家人和爱祖国的思想最后统一起来了。于是挺身而出，承担起根本不应该由她来承担的兵役义务，说出了这令人惊心动魄的四句话。

"请从吏夜归"的"请"字，有甘心情愿的意思。"河阳"，在现在河南省孟县。九个节度使的兵在邺城大败以后，郭子仪退守洛阳，河阳成了当时的最前线。"犹得备晨炊"，是说还能够做做早饭。"备"是备办。古人说"备饭"或"办饭"，等于我们现在说"做饭"。早饭一般比午饭要简单，容易做些，所以说"备晨炊"。"备"字还含有自谦的意思，所谓"充数"，杜甫诗文中曾多次用到，如"备员""备位"，这正是老妇说话老练的地方。

以上是全诗的第二大段，叙述"捉人"的经过，是诗的主要部分。矛盾的解决，是以老妇继她的三个儿子之后为国献身而告终的。我们应该看到：这个老妇，她没有被悲哀压倒，也没有被死亡吓倒，相反地，当她想到外族侵略者的可恨，她变得更加坚强起来了，她关心的和她要去的地方，不是别的，而是当时最危险、战争进行得最激烈的火线——河阳！这正是一种坚韧的爱国精神的表现。

关于这第二大段，在表现手法上有两点值得注意。第一点是用暗示的手法来反衬出那差吏的狰狞面目。诗里没有叙述差吏讲的半句话，但是我们从老妇的回话当中已经可以看出他那副凶恶的嘴脸。他一直逼得老妇自己出头承担才罢休；

第二点是用换韵的办法来显示出那老妇思想感情的变化，以及由此而产生的语调上的变化。老妇所说的三层话，用了"矣""裙""炊"三个不同的韵脚。这些都不是偶然的，而正是杜甫的用心所在。

"夜久语声绝，如闻泣幽咽。天明登前途，独与老翁别。"这四句是诗的最后一段，是"捉人"的尾声。关于老妇被捉去，诗里没有明说，仍然是用暗示的手法，是由"如闻泣幽咽"这一句暗示出来的。婆婆被拉走，公公又不在家，丈夫又死了，所以那个媳妇就抱着孩子呜呜咽咽地哭起来了。泣和哭不同，有泪有声叫作"哭"，有泪无声叫作"泣"。因为声音不大，所以说"如闻"。从这"如闻"两个字，我们也应该看到诗人杜甫那种关切人民痛苦的形象。要知道，他是一夜也不曾合上眼的。

关于"天明登前途，独与老翁别"这两句，过去有误解，认为说的是老妇。不是的，这是杜甫的自叙，和诗的开头第一句"暮投石壕村"遥相照应。昨天投宿的时候，还是老翁、老妇双双迎接，如今老妇被抓走，只剩下老翁，所以说"独与老翁别"。老翁大概是在老伴被抓去以后溜回家来的。读到这最后一句，我们是不是有点觉得奇怪：为什么杜甫竟没有说一句话就这样走了呢？是的，是可怪的，但是又没有什么可怪。对于这样的一家人家和事件，他实在感到无话可说，同时也感到无从说起。他的沉默，我们说是一种无言的控诉也好，说是无言的安慰也好，说是对那老妇的无言的歌颂和祝福也好。他只有怀着沉重而又复杂的心情踏上征途。我们必须在诗人"欲说还休"的地方，在没有文字的地方，读出文字来！这也正是欣赏这首诗的一个重要环节。

《石壕吏》作为一首杰出的现实主义的叙事诗，它的最显著的艺术特色，就是尽量避免主观色彩，不发抽象的议论，把自己的思想感情融化在客观的事实里面，融化在具体的形象里面；尽量让事实本身说话，让事实本身去直接感染读者，说服读者，教育读者，唤起读者的爱和憎。比如"有吏夜捉人"这一句，它是叙事，但同时又是讽刺和暴露，其中包含着诗人杜甫的憎恨，并且唤起了读者的憎恨；用不着说这个差吏如何凶恶，统治阶级如何残酷，而这些都不在话外。又如"如闻泣幽咽"这一句，也是叙事，但同时又是控诉，其中渗透着诗人杜甫无限的同情，并且唤起了读者的共鸣。对于老妇这一形象的塑造，也是通过老妇本人诉苦来进行、来完成的。杜甫没有从旁做任何的赞叹，没有公开地帮一句腔。《石壕吏》这首诗给人的印象特别深刻，感人特别深，原因就在这里。还有一点值得注意，那就是，在整首诗里，杜甫不仅不发议论，而且是不动声色，不动感情。他分明是为这一悲惨事件感动得流了泪的，但是他却没有让他自己的眼泪流露在文字的表面上，这样也就有助于集中读者的注意力，加强诗的感染力。这也是一种很高的艺术修养。我们不能只看表面，便认为诗人是一个无动于衷的旁观者。

（1962年中央人民广播电台《阅读与欣赏》广播稿）

附：谈《石壕吏》

一

杜甫诗向来有"诗史"的称号，这是因为他的许多诗不只是艺术创作，同时还是一种历史的实录。这里要谈的《石壕吏》便是个好例子。《石壕吏》写的是真人真事，作者投宿的石壕村，也实有其地。

为了透彻地理解这首诗的思想内容和艺术手法以及诗中人物的思想情感，有必要先谈一谈它的时代背景。

唐肃宗乾元元年（758）六月，杜甫由左拾遗贬为华州司功参军。这年冬末，他由华州到洛阳，大概是为了探望乱后的家园。这时，安禄山早已被他的儿子安庆绪杀死了（757年正月），而安庆绪也早已由洛阳北走渡河（757年十月）退保邺城（今河南省安阳县），正被郭子仪、李光弼、王思礼等九节度的数十万大兵包围。乱子虽没完全平定，但大局已有好转，前途颇可乐观，确有些中兴气象。所以，杜甫在这时写的《洗兵马》那首诗的开头便引吭高歌："中兴诸将收山东，捷书夜报清昼同。河广传闻一苇过，胡危命在破竹中。只残邺城不日得，独任朔方无限功。"在诗的末尾也有点迫不及待地提出了他的一贯的愿望："安得壮士挽天河，净洗甲兵长不用！"

但是，由于肃宗的昏庸，处置失当，就在杜甫到洛阳的次年——759年三月，局势突然恶化。原来肃宗以为郭子仪、李光弼都是所谓"吾之家国由卿再造"的元勋，"难相统属，故不置元帅，但以宦官开府仪同三司鱼朝恩为观军容宣慰处置使"（《通鉴》卷二二〇）。这样，围攻邺城的九节度的兵便陷于"诸军既无统帅，进退无所禀"的无政府状态，以致"城久不下，上下解体"（《通鉴》卷二二一）。而这时，一度投降又复叛变的史思明又自魏州率兵来救邺城，结果，九节度的兵大败。《通鉴》（卷二二一）写道："三月，壬申（三日），官军步骑六十万陈于安阳河北，思明自将精兵五万敌之。……未及布阵，大风忽起，吹沙拔木，天地昼晦，咫尺不相辨；两军大惊，官军溃而南，贼溃而北，弃甲仗辎重委积于

风诗心赏

路。子仪以朔方军断河阳桥保东京（洛阳）。战马万匹，惟存三千；甲仗十万，遗弃殆尽。东京市民惊骇，散奔山谷；留守崔圆、河南尹苏震等官吏南奔襄邓；诸节度各溃归本镇。"六十万大军的溃散，非同小可，不仅洛阳岌岌可危，就是长安也为之震动。统治者为了扭转这种危机，维持他的统治，就需要：一方面立即增强洛阳前线的抵抗力量来阻止史思明的西进；另一方面立即充实后方，也就是潼关的防御兵力和设备，以防万一。这样，补充兵力便成了当时统治者刻不容缓的事。

然而，远水不救近火，于是这残酷的兵役便不可免地首先落到洛阳以西潼关以东即新安、石壕一带地方的老百姓头上了。这一地带毕竟是狭小的，又经过三四年的战乱，壮丁本很少；但封建统治阶级是不管这些的，他们只知道要人，于是便不择手段，实行惨无人道的拉夫政策。其实拉的还不只是堂堂七尺的丈夫，而是"绝短小"的"中男"（见《新安吏》），和"骨髓干"的老汉（见《垂老别》）。像我们在这里要谈到的《石壕吏》则是连年迈力衰的老妇也不免被拉走了。这自然是很惨的，却也有它一定的特殊的原因。

大概就在三月三日邺城大败的消息传到洛阳，洛阳"市民惊骇，散奔山谷"的当儿，杜甫匆匆地由洛阳取道潼关赶回华州。这就使他有机会在一路之上亲眼看到兵役的黑暗情形和人民的痛苦生活，从而使他有可能写出包括《石壕吏》在内的一般称为"三吏""三别"这样富有人民性的六首诗。

由此可见，当时存在着两种矛盾：一是由统治阶级的乱征兵役等等引起的阶级矛盾，一是由外族侵略再度猖獗而形成的民族矛盾。人民，是爱国的，是无论如何也不甘心做亡国奴的。这样，民族矛盾便必然成为当时的主要矛盾，使当时进行的战争成为一种正义的民族自卫战争。因此，当时人民，一方面固然怨恨统治阶级，另一方面还是忍受了阶级压迫的痛苦，没有揭竿而起革统治阶级的命，也没有散而之四方，而是怀着悲愤的心情走上前线。《石壕吏》中的老妇一下子献出了她的三个儿子，当差吏还是逼着她家出人的时候，尽管她始而哀求，继而搪塞，但终于挺身而出，这一行动的转变，关键也就在这里。

二

杜甫写"三吏""三别"时的思想情感是相当复杂而矛盾的。如果把这几首诗和《兵车行》对照，就更容易看出。但这六首诗也有一个总的基本思想，这就是爱国主义，说得具体点，就是号召人民忍受一切痛苦来进行自卫战争。这一基本思想，在《石壕吏》中，由于事件的过分悲惨，表现得比较曲折、比较深沉，不像其余的几篇那样突出、鲜明。但还是可以看出来的。大家知道，杜甫是热爱人民、同情人民痛苦的诗人，但民族矛盾的紧张局势，又使他必须站在整个国家民族的立场上来考虑问题，不能不把人民的痛苦从属于整个国家民族的生存。矛盾也就是这样产生的。

正由于热爱祖国，从整个民族命运出发，杜甫一方面痛恨那不合理的兵役，赤裸裸地毫不客气地加以揭露；一方面对这种不合理的兵役却也有所保留，并没公开地直接地抨击（《新安吏》*虽曾正面地提出"中男绝短小，何以守王城"的责难，但到头还是动员他们前去*）。他认为丧失民心的不合理的兵役固然要揭露要纠正，但正当国家民族处于"一发千钧"的危急时分，断然反对现行兵役，在人民头上浇冷水，那也于抗战不利。杜甫这时的心情确是很矛盾、很痛苦的，所以《石壕吏》所表现的思想并不是一般的反对兵役而是反对不合理的兵役，不是要取消兵役而是要改善兵役。

同样，正由于热爱祖国，杜甫一方面对人民所受兵役的痛苦表示无限同情，一方面又不得不含着眼泪劝勉人民忍受这些痛苦来承担兵役，效命疆场。《石壕吏》中，杜甫虽然没出面劝勉老妇，但从他在老妇的许多话中摘出"急应河阳役，犹得备晨炊"这样两句来看，显然他是同意老妇的这个自我劝勉的。不难理解：当杜甫听到老妇这两句使他不能不特别震惊的话时，他对老妇的尊敬心是超过了同情心的。

也许有同志要说，老妇这两句话不是出自本心，而是为差吏逼得无可奈何才说出来的，她说这话的用意也不过是为了保全她的老汉、媳妇和孙儿。我以为这种看法是片面的、表面的。因为在这两句话中还表现了老妇为国家着想为前线着想的一面。不错，她是在被逼的情况下最后才说出的（*不这样，反而是不近情理，不真实的*），但问题是在于她说出的却恰恰是这样的两句话。以一个妇人，而且是一个老妇人，一个已经献出了她的三个儿子的老妇人，竟然说出这样的话，这诚然是可哀可痛。但是，难道就不使我们对这位老妇感到可敬吗？难道我们就不能从这里看出她那种坚忍的深刻的爱国精神吗？应该指出：正是当时广大人民的这种爱国精神，才终于平定了安史之乱。至于有同志考查出石壕村至河阳的距离相当远，因而说这两句诗不合情理，那也不得要领。其实并不一定要到河阳前线才算是"急应河阳役"，更不一定要在第二天一早就赶到河阳煮饭才算是"备晨炊"。（*这问题大概由课本注解把"犹得"解作"还来得及"引起的。已有人指出："犹得"就是"还能够"。*）

作品里所包含的，一方面是作家的思想，另一方面是客观的思想。《石壕吏》所包含的思想也应该从作品的客观思想方面来说明。比如，尽管在主观上杜甫所要讽刺的、要暴露的只是差吏这一个人和兵役这一件事，而不是整个封建统治阶级和它的一切措施，但在客观上，通过这一典型人物和事件，也就深刻地揭露了整个封建统治阶级和封建制度的吃人的本质。不是吗：把一个妇人拉去服兵役，这已经是不人道了，何况又是老妇，而且是一个被夺去了三个儿子的老妇呢？从这里我们就可以很自然地得出这样一个结论：封建统治阶级为了本阶级的利益，是不管人民的死活的！因此，《石壕吏》不仅有巨大的现实意义，而且有深长的教育意义。它唤起了广大读者对反动统治阶级的仇恨和对人民的同情。千百年来，《石壕吏》一直震撼人心，脍炙人口，主要原因就在这里。

三

《石壕吏》是具有高度的现实主义表现手法的作品，达到了如高尔基所说的"现实之客观的描写"的地步。分析地说，有以下几个特点：

第一是将主观的评价寓于客观的叙述之中。这首诗中，作者是在场的，却始终是没开腔，只是如实地据事直书，让事实本身去说话，通过事实体现自己的思想情感。例如："有吏夜捉人。"这是客观叙述，但同时也就包含了作者的主观批判。用不着说差吏怎样凶暴，兵役怎样黑暗，而这些都自在其中。假如说"点兵"或"征兵"，那就要削弱批判的力量。捉人就是捉人，老实不客气的书法，正显示了杜甫的态度。又如："吏呼一何怒，妇啼一何苦！"也是一样。用不着说差吏怎样可恨，老妇怎样可怜，而可恨和可怜也都自在其中。

第二是用自传体。《石壕吏》是一首叙事诗。但就它记载的是作者自己的一段经历、一个生活片段这点来看，也可以说是作者自传中的一页，一篇日记。杜甫在这里所以要用自传体，是为了便于把自己放在这一事件的见证人的地位来证明所讲的是他亲见亲闻的事实，从而加强作品的说服性和感染力。如果只是单纯地从结构的角度来理解"暮投石壕村""天明登前途"等句，说是以投宿起，以告别终，有首有尾，交代清楚，那还是皮相的看法。

第三是利用人物对话。这在《石壕吏》中占着主要的地位，是全诗最精彩最动人的部分。我们都有这样一种经验：听转述的话总觉得隔了一层，不够味，不够亲切。人物自白之所以胜过作者代叙，道理也许正在此。当然，这也得看对话本身是否写得成功，是否能表现人物的思想情感和性格。《石壕吏》中老妇的那段对话可以说是完全做到了这一点的。老妇在当夜说过不少的话，杜甫概括成为十三句。这十三句，可分三层来看。"三男邺城戍"五句是第一层。老妇最初以为差吏总不能没有一点良心，所以一开口便诉说已送出三个儿子，不应再捉人，语带哀求，情感也是沉痛的。"室中更无人"四句是第二层。差吏既不讲情理，哀求已告无效，怎样办呢？骗他一下，让他知道要捉也无人可捉吧。为了骗取差吏的相信，把话反说得特别肯定，同时把家中人口仿佛一个不漏似的摆出来，好瞒了那个有被捉资格的老汉。从这里我们可以体会到老妇这时的心情已由悲痛转为愤恨。（"有孙母未去"一句，意思只在说明家中还有个媳妇，因为丢不下孩子，还没走。有人把"去"解作改嫁，有人认为指去服兵役。后说固无据，前解也似乎不近情理。一则"二男新战死"，再则这一地带连"中男"都拉光了。这个"去"字没有必要去咬定。）"老妪力虽衰"四句是第三层，也是老妇最后的话。差吏还是不走，也许他在想：没有男人有女人。怎么办？这时老妇转而恨起胡人来了，都是他们不好，以致弄到这步田地，自己的三个儿子已有两个丧在他们手里，消灭他们，倒也应该。但再一想，老汉去不得，一家不能没个男人；媳妇也去不得，去了孙子得饿死。要去还是自己去吧。于是心一横，挺身而出。由于悲痛之极，心情转趋平静，所以这几句话说得很坦然，很理智。虽说出于无可奈何，但其中含有爱国精神，也是不容抹杀的。浦起龙说："偏云力衰备炊，偏不告哀祈免，其胆智俱不可及。"（《读杜心解》卷一之二）这话也是有见地的。为了显示老妇思想情感的发展，和与这相适应的语调的变化，杜甫有意识地押了不同的韵脚。由于语言的个性化，这段对话就显得特别生动，读起来如见其人，如闻其声。

第四是力求概括含蓄，不说废话。我曾在本书论杜诗的艺术性一节中举出唐彦谦的《宿田家》诗和《石壕吏》做对照，别的且不说，只从诗的一开头便可看出这一特点。唐诗开头是："落日下遥峰，荒村卷行履。停车息茅店，安寝正鼾睡。"用了四句写投宿，下面才说到"忽闻扣门急，云是下乡隶"。而杜甫只用"暮投石壕村"一句，紧接着就点出主题："有吏夜捉人。"非常概括，非常紧凑。唐诗用四句写投宿，没有必要，因为和主题无关，越长越显得松懈，不易集中读者注意力。

所谓含蓄，也就是所谓"含不尽之意，见于言外"。这种含蓄，在《石壕吏》中有时表现在一个字上。例如"暮投石壕村"，"投"字便非常含蓄。不仅说明了投宿这件事，而且描绘了投宿者在一种急遽的情况下来投宿的形象。这样，也就暗示出这是一个兵荒马乱的年头，行路人有更多的"落日恐行人"的感觉。又如"如闻泣幽咽","如"字也非常含蓄。一方面说明了老妇已被捉去，因而年轻的媳妇只有独自啜泣——也许因为家中住有客人（杜甫）而不便号啕大哭吧；另一方面也显露出诗人自己以无限关切的心情侧耳细听的形象。这句诗也同样是在如实的客观的叙述中包含了作者主观的同情的。

最富有含蓄意味的是诗的最后两句："天明登前途，独与老翁别。"在人家里住了一夜，眼看着人家的老伴被捉去，临别的当儿，就这样心安理得地径自走了，连一句安慰话也没有吗？可是，你叫诗人怎样说呢？这诚然是伤心惨目的事，但又正当国家危急存亡之秋，你又能说些什么呢？这一家人的命运是看得见的，你安慰安慰又有什么用？所以，从这两句看来似乎很冷漠的诗句中我们可以体会出诗人的一种难言之痛和吞声之泪。读完这最后两句诗的时候，我们的情绪是高涨，我们的想象更驰骋开了，并没随着诗的完结而完结。

有人认为从诗中看不出老妇人最后是被吏人捉去的，这自然是误解。"独与老翁别"一个"独"字便点明了老妇已被捉去。投宿时老汉夫妇双双迎接，临去时却剩下老头一个（**这时老翁已悄悄回家**），那老妇被捉还用说吗？如果老妇未被捉去，那婆媳二人自应高兴，幽咽的哭声又从何而来呢？又有人认为"天明登前途"是指老妇前往应役，也不对。这句正和开首"暮投石壕村"做照应，投宿的是杜甫，登途的也是杜甫。但这一误解，清初徐而庵的《说唐诗》已经有了。

《石壕吏》的表现手法，主要的便是这样。杜甫在这首诗中为什么要用这些手法？这和诗的内容题材以及当时的政治环境都有关。一方面，客观的事物本身就具有巨大的说服力，使他有可能这样来写；另一方面，如果对兵役公开表示反对，那在当时是不行的。

以上就是我对这首诗的一些看法，不一定对，请大家指正！

（原载《语文学习》1957年第7期）

风诗心赏

勿为新婚念　努力事戎行
——谈杜甫《新婚别》

兔丝附蓬麻，引蔓故不长。嫁女与征夫，不如弃路旁。结发为君妻，席不暖君床。暮婚晨告别，无乃太匆忙！君行虽不远，守边赴河阳。妾身未分明，何以拜姑嫜？

父母养我时，日夜令我藏。生女有所归，鸡狗亦得将。君今往死地，沉痛迫中肠。誓欲随君去，形势反苍黄。

勿为新婚念，努力事戎行！妇人在军中，兵气恐不扬。自嗟贫家女，久致罗襦裳。罗襦不复施，对君洗红妆。仰视百鸟飞，大小必双翔。人事多错迕，与君永相望！

前面，我们讲过了杜甫"三吏"中的《石壕吏》，这里再来介绍他写的"三别"中的《新婚别》，也可以这样说，介绍诗人杜甫塑造的又一个深明大义、热爱祖国的儿女英雄。

"三别"，可以看作是"三吏"的姊妹篇。在写作过程上，"三吏"在前，"三别"在后。它们之间，存在着相互补充、相互发明的密切关系。这就是说，我们应该在"三吏"中，看出人民的生离死别，同时也应该在"三别"中，看出差吏的穷凶极恶。"三吏"和"三别"的基本思想，虽然都是反映当时人民那种忍受巨大的痛苦和牺牲走上前线的爱国精神，但是它们也有各自的侧重方面，并不完全相同。如果说，《石壕吏》那一首诗主要是在于暴露统治阶级的罪行，那么，《新婚别》却主要是在于表现人民更为自觉、更为主动的爱国精神。《垂老别》和《无家别》也是一样。所以，由"三吏"到"三别"，这中间有一个发展的过程、提高的过程。

　　在表现手法上，"三别"和"三吏"也有一个显著的不同之点，那就是：在"三吏"中有问答，有人物对话；而在"三别"中，则只是一个人物的独白。比如《垂老别》，就全是那个老头子的话，主要是对他的老伴说的；《无家别》就全是那个单身汉的话，因为家中亲人都死光了，没有告别的对象，所以说话口气有点自言自语的，又好像是在对所有的人诉说。至于《新婚别》，全篇都是新娘子对新郎官所说的话，所以诗里先后一共用了七个"君"字。这一点，也是我们在接触作品以前就要弄清楚的。

　　　　　　　　　　　　　　　　　　　风诗心赏

《新婚别》这首诗大致可以分为三段，也可以说是三层，但是这三层并不是平列的，而是一层比一层深，一层比一层高，而且每一层当中又都有曲折。这是因为人物的心情本来就是很复杂的。先说第一段，原诗从"兔丝附蓬麻"到"何以拜姑嫜"。这一段主要是写新娘子诉说自己的不幸命运。她是刚过门的新嫁娘，过去与丈夫没见过面，没讲过话，所以在说这一段话的时候，语气显得有些羞涩，有些吞吞吐吐。这明显地表现在开头这两句："兔丝附蓬麻，引蔓故不长。"新嫁娘这番话不是单刀直入，而是用比喻来引起的，这很符合她的特定身份和她这时候的心理状态。"兔丝"是一种蔓生的草，常寄生在别的植物上，但是"蓬"和"麻"也都是小植物，所以，寄生在蓬麻上的兔丝，它的蔓儿也就不能延长。在封建社会里，女子得依靠丈夫才能生活，可是现在嫁的是一个"征夫"，很难指望白头偕老，所以就用了"兔丝附蓬麻，引蔓故不长"这个比喻。"嫁女与征夫，不如弃路旁"，这是一种加重的说法，是说在战争频繁的非常时期，把姑娘嫁给一个当兵的还不如不嫁的好。为什么这位新娘子会伤心到这步田地呢？下面八句正是申明这个问题的。"结发为君妻，席不暖君床。暮婚晨告别，无乃太匆忙！君行虽不远，守边赴河阳。妾身未分明，何以拜姑嫜？"这里的"结发"两个字，我们不要轻易读过，因为它说明这个新娘子是初次结婚，是一个青春少女，丈夫好歹，关系到今后一生的命运。然而，谁知道这洞房花烛之夜，却就是生离死别之时呢！头一天晚上刚结婚，第二天一早就得走，连你的床席都没有睡暖，这哪里像个结发夫妻呢？"无乃太匆忙"的"无乃"这个词，是反问对方的口气，等于现在说的"岂不是"。如果是为了别的什么事，匆忙相别，也还罢了，因为将来还可以团圆，偏偏你又是到河阳去作战，将来的事且不去说，眼面前，我这媳妇的身份都没有明确，怎样去拜见公婆、侍候公婆呢？我们知道，根据古代的婚礼，新嫁娘过门三天以后，要先告宗庙、上祖坟，然后拜见公婆，正名定分，才算成婚。"姑"，指丈夫的母亲；"嫜"，指丈夫的父亲。在这一段话里，"君行虽不远，守边赴河阳"这两句，值得我们好好领会。第一，它点明了造成新婚别的根由；第二，它说明了当时进行的战争是一次守边卫国的正义战争；第三，从诗的结构上来看，它也是下文"君今往死地"和"努力事戎行"的张本；第四，这两句还含有一种言外之意，是一种带刺儿的话。因为当时安史之乱，广大地区沦陷后，边防不得不往内地一再迁移，而现在，边境是在洛阳附近的河阳，守边居然守到自己家门口来了，这岂不可叹？所以，我们还要把这两句看作是对统治阶级昏庸误国的讥讽，诗人在这里用的是一种"婉而多讽"的写法。

下面接着讲这首诗的第二段。原诗从"父母养我时"到"形势反苍黄"。在这一段中，新娘子已经把话题由自身进一步落到丈夫身上了。她关心到丈夫的死活，并且表示了对丈夫的爱情，要和他一同去作战。"父母养我时，日夜令我藏"这两句，主要的意思是在说明父母对自己的疼爱，当作宝贝儿似的。然而女大当嫁，父母也不能藏我一辈子，还是不能不把我嫁人，而且嫁谁就得跟谁。这就是"生女有所归，鸡狗亦得将"的意思。"鸡狗亦得将"，就是俗话说的"嫁鸡随鸡，嫁狗随狗"。"将"字当跟随讲。从前有人把"将"字解释为携带，说是父母疼女儿，嫁的时候连家里的鸡狗都允许带到婆家去，这是错误的。其实在唐代就已经有了这种俗话，杜甫正是用的当时的俗话。有个跟随的人，不管怎样，总比没有强，可是现在，"君今往死地，沉痛迫中肠"，你却要到那九死一生的战场去，万一有个三长两短，我还跟谁呢？想到这些，怎能不叫人沉痛得柔肠寸断呢？紧接着，新娘子表示："誓欲随君去，形势反苍黄。"意思是说，我本来决心要随你前去，死也死在一起，省得牵肠挂肚。但又怕这样一来，不但没有好处，反而要把事情弄得更糟糕、更复杂、更不妙。军队里是不允许有年轻妇女的，你带着妻子去从军，也有许多不方便，我又是一个刚出门的闺女，没见过世面，更不用说是打仗了。真是叫人左右为难。这段话，刻画了新娘子那种心痛如割、心乱如麻的矛盾心理，非常曲折、深刻。但是这种矛盾，还没有得到统一，去不去的问题还没有得到解决，还有待于她的思想进一步提高。

到这首诗的第三段，新娘子的思想又比上一段更提高了一步。原诗是从"勿为新婚念"到"与君永相望"。在这里，我们的女主人公经过一番痛苦的倾诉和内心剧烈的斗争以后，终于从个人的不幸中，从对丈夫的关切中，跳了出来，站在更高的角度，把眼光放得更远了。她开始从整个国家民族的利益着想，一变哀怨沉痛的诉说而为积极的鼓励。话也说得痛快，不像开始时候那样吞吞吐吐的了。"勿为新婚念，努力事戎行！"这是人民的呼声，时代的呼声，同时也是诗人杜甫通过新娘子的嘴发出的爱国号召。据史书记载，由于安史叛军到处烧杀淫掠，不得人心，当时河南河北，人民纷起抗击，并且有妇女自动参军。《旧唐书·肃宗纪》说：乾元元年（758）十月"卫州妇人侯四娘、滑州妇人唐四娘、某州妇人王二娘相与歃血，请赴行营讨贼"。杜甫这首诗写于乾元二年（759）三月间，由此可见，杜甫让那位新娘子说这样两句激昂慷慨的话，也是有其现实基础的，是当时社会现实的反映。正是在这种高度的爱国精神的支配下，女主人公的内心矛盾，才最后得到统一。她的形象，也突然高大起来了。"妇女在军中，兵气恐不扬"这两句，可以看作是上文"形势反苍黄"那一句的注脚。正是由于冷静地考虑到这一层，她才决定不随同丈夫前去。因为妇女在军中，也确实是会影响士气的。为了使丈夫真正能够做到"勿为新婚念"，一心一意英勇杀敌，新娘子更进一步对丈夫表示了她的生死不渝的坚贞的爱情。这爱情，是通过一些看来好像不重要，其实却大有作用的细节，或者说具体行动，表达出来的。这就是"自嗟贫家女"这四句所描写的。"久致罗襦裳"，是说费了许久的心血好不容易才备办得一套美丽的衣裳。"不复施"，是说不再穿了。"对君洗红妆"，是说当着你的面，我这就把脸上的脂粉洗掉。当然，你走了以后，我更没心思梳妆打扮了。一般地说来，年轻的姑娘，尤其是新嫁娘，谁不想穿件漂亮的衣服？何况这衣服又是这样得来不易，是从来还没有上过身的，再说，谁又不想把自己修饰得更美丽一些呢？然而，现在这新娘子却表示宁可不穿漂亮的衣服，也不再打扮了。这固然是她对丈夫坚贞专一的爱情的表白，但是更可贵的，是她的目的在于鼓舞丈夫，好叫他放心地，并且满怀信心、满怀希望地去杀敌。到这里她把自己对丈夫的爱和对祖国的爱结合起来了，并且把自己的爱情服从于祖国的需要。她对丈夫的鼓舞，是有效的，也是明智的。因为只有把幸福的理想寄托在丈夫的努力杀敌、凯旋上面，才有实现的可能。应该说，她是一个儿女英雄！

"仰视百鸟飞，大小必双翔。人事多错迕，与君永相望！"这四句是全诗的总结。其中有哀怨、有伤感，但是已经不像最初那样强烈、显著，主要意思还是在鼓励丈夫，所以才说到"人事多错迕"，好像有点人不如鸟，就又振作起来，说出了"与君永相望"这样含情无限的话，用生死不渝的爱情来坚定丈夫的斗志。"错迕"是不如意，也就是愿望和现实有矛盾的意思。"永相望"，说得很含蓄，意思是说：你这一去，能凯旋而还，当然是好，假如这一别就是永别，那我永远是爱着你的。

最后，对于《新婚别》这首诗的艺术性，我想做一些补充说明：

第一，我认为《新婚别》可以说是一首浪漫主义和现实主义相结合的作品。十分明显，没有大胆的浪漫主义的虚构，杜甫根本不可能创作出这首诗。因为，实际上他不可能有这样的生活经历，不可能去偷听新娘子对新郎官说的私房话。如果还是用《石壕吏》那样的写实手法，不敢幻想，不敢虚构，那就只好搁起笔来了。同样，十分明显，在新娘子的身上是有着浪漫主义的理想色彩的。她是诗人歌颂的正面人物。但是另一方面，在人物塑造上，《新婚别》又具有现实主义的精雕细琢的特点，诗里人物，真是跃然纸上，呼之欲出，因而使人几乎忘记了她是虚构的。

第二，人物语言的个性化，也是《新婚别》的一大艺术特点。在《垂老别》里，杜甫化身为老汉，说着老头子的话；在《无家别》里，杜甫又化身为单身汉，说着另一套话。但这都还不算难，因为类似的生活经验，杜甫还是有的。只有在《新婚别》里，他得化身为新娘子，说着新娘子式的话，这才真有些难。可是他照样写得非常成功，非常生动、逼真，而且是用诗的形式。这不仅说明杜甫想象力的丰富，也说明了杜甫还是一个语言大师。诗里采用了不少俗语，这也有助于语言的个性化。因为他描写的本来就是一个"贫家女"。关于所谓"贫家女"，我们不要看得太死。在封建社会，即使是小户人家的大姑娘，也是轻易不让她下地的，但在家里也不是没有活干，如秦韬玉《贫女》诗说的"苦恨年年压金线，为他人作嫁衣裳"，便是其中的一种。

第三，这首诗的爱国的主题思想，是饱含着血和肉的。也就是说，它是通过有血有肉的人物形象表达出来的，是女主人公经过不断的剧烈的内心斗争、思想斗争而逐渐达到的。因此，当我们读到"勿为新婚念，努力事戎行"这两句诗的时候，丝毫也不感到勉强和抽象；而是觉得非常自然，符合事件和人物性格发展的逻辑，并且深受感染。假如不是这样，也就是说，不通过主人公的痛苦的自我思想斗争，一上来就让那位新娘子说着这类劝勉丈夫积极抗战的话，那就不管这些话说得多么积极，多么进步，也只能是一种苍白的贫血的空洞说教，不会动听，也不可能令人信服。因为在那样黑暗的封建时代，尤其是这时候兵役又那样残酷、那样不得人心，这样的人物根本不可能有。如果这样来写，显然是不合情理的。

此外，在押韵上，《新婚别》和《石壕吏》也有所不同。《石壕吏》换了好几个韵脚，《新婚别》却是一韵到底，《垂老别》和《无家别》也是这样。为什么"三别"这三首诗都不约而同地不换韵呢？我想，这大概和人物独白的方式有关。一韵到底，一气呵成，更有利于主人公的诉说，也更便于读者的倾听。

（中央人民广播电台《阅读与欣赏》1962年广播稿，后收入《杜甫研究》，齐鲁书社1980年版；《萧涤非说乐府》，上海古籍出版社2002年版；《萧涤非文选》，山东大学出版社2006年版；《古代爱情诗词鉴赏辞典》，辽宁大学出版社1990年版等）

投杖出门为国殇

——谈杜甫《垂老别》

四郊未宁静，垂老不得安。子孙阵亡尽，焉用身独完？投杖出门去，同行为辛酸。幸有牙齿存，所悲骨髓干。

男儿既介胄，长揖别上官。老妻卧路啼，岁暮衣裳单。孰知是死别，且复伤其寒。此去必不归，还闻劝"加餐"。

土门壁甚坚，杏园度亦难。势异邺城下，纵死时犹宽。人生有离合，岂择盛衰端？忆昔少壮日，迟回竟长叹。

万国尽征戍，烽火被冈峦。积尸草木腥，流血川原丹。何乡为乐土？安敢尚盘桓！弃绝蓬室居，塌然摧肺肝。

《垂老别》是杜甫著名的组诗"三吏"和"三别"六首中的一首。它的写作背景和过程，和其他五首一样，都是在唐肃宗乾元二年（759）三月唐王朝九节度的六十万大兵溃于邺城这一特定的危急时期，和自洛阳以西至潼关这一特定的后方地带，杜甫根据他的所闻所见所经历写成的。这六首诗，都是人民的悲剧、人民的血泪史，这是显而易见的。重要的是，我们要透过这斑斑的血泪，进一步看到人民那种忍痛负重、不怕牺牲的爱国精神。因为当时进行的平定安史之乱的战争具有制止异族侵略、维护国家统一的正义性质。

二十年前，那时为了纪念杜甫，我曾应邀为中央人民广播电台写过谈杜甫的《石壕吏》和《新婚别》两篇广播稿，我把那"请从吏夜归，急应河阳役"的老妪，和那鼓励丈夫"勿为新婚念，努力事戎行"的新娘，称为"深明大义、热爱祖国的儿女英雄"。现在，临当谈《垂老别》这首诗时，我深深地感到对诗中的这位老汉，可以说同样的话。请看，"子孙阵亡尽"这种断子绝孙的悲哀没有把他压垮，同行伙伴的辛酸泪，乃至老妻的卧路啼都没有使他软化，"此去必不归"的死亡威胁也没有使他动摇，他毅然决然，投杖应征，长揖上道，他想到的是国家的灾难，他恨的是"骨髓干"，不能为国多杀贼。像这样一位老汉，我们能说他不是铁铮铮的爱国老英雄而是什么驯服的"绵羊"吗？这是一个有关作品的人物形象和主题思想的根本问题，我们必须首先明确。

"三别"在写法上和"三吏"不同的一个最明显的标志，

就是全篇都是托为主人翁的独白。比如《垂老别》便都是那个老人的自我倾诉。这种写法，比之"三吏"的凭借耳闻目击和亲身经历要更难些，需要有更高的艺术修养，更为丰富的生活体验和想象力。否则写来就会走样，特别是用诗的形式来写。

现在，让我们来分析一下《垂老别》。全诗约可分为四段，每段各八句：

第一段："四郊未宁静，垂老不得安。子孙阵亡尽，焉用身独完！投杖出门去，同行为辛酸。幸有牙齿存，所悲骨髓干。"这一段是《垂老别》的缘起和序幕。是下文老夫老妻生离死别这一出悲剧的前奏。从"投杖出门去"这一慷慨激昂的决绝态度看来，老人的应征从军，并非完全由于被迫，也并非纯然出于"子孙阵亡尽"的个人悲愤，其中饱含着老人的一片爱国心。否则，在痛不欲生的情况下，不可能发生这样一个突如其来的积极向上的转变。老人的一片爱国心，在"幸有牙齿存，所悲骨髓干"这两句话里，表现得更为清楚。要杀贼，就要能活着，所以说"幸有"，但自己毕竟是老了，很难杀贼，所以引以为"悲"。正是这种忘我的为国献身的精神使得一同应征的伙伴们都感动得掉下了辛酸的眼泪。但老人并没有改变他的决心，他走上征途了。

第二段："男儿既介胄，长揖别上官。老妻卧路啼，岁暮衣裳单。孰知是死别，且复伤其寒。此去必不归，还闻劝'加餐'。"这一段是《垂老别》的正文，写老人告别上官后又和老妻话别的情景，首二句是个过渡的句子，不少注本划归上一段，我觉得作为这一段的引子更合适些。因为老人已束装上路，就要远行，所以才出现了"老妻卧路啼"等场面。介胄是甲盔，也就是军装。这里，老人不如实地说"老人既介胄"，而偏作豪语，把自己说成"男儿"，和上文的"投杖"，同样表现了老人那种不服老的倔强性格。"孰知"即"熟知"，明明白白地知道。这"孰知"四句，写老两口的互相怜悯，互相关注，非常深刻细腻，令人不忍卒读。关于这四句，吴齐贤《杜诗论文》解释说："此行已成死别，复何顾哉？然一息尚存，不能恝然，故不暇悲己之死，而又伤彼之寒也；乃老妻亦知我不返，而犹以加餐相慰，又不暇念己之寒，而悲我之死也。"这解释很周到，能阐明诗句中包含的老夫妻俩当时心理活动的真相。关于这四句诗的表现手法，沈德潜《杜诗偶评》曾指出："孰知四语，互相慰藉，而又灭去问答之迹。"这评论也很有见地。我看，这关键就在于那个"闻"字，因为既是"闻"，自然就是对方说的话了。不必再用问答的形式。这"还闻劝'加餐'"一句，我以为是写的面别以后的情形。老人已经走得相当远了，还不断地听到老妻在后面一面啼哭，一面喊叫，要他多"加餐"，多多保重身体。这是多么悲惨而又悲壮的一个镜头啊！

第三段："土门壁甚坚，杏园度亦难。势异邺城下，纵死时犹宽。人生有离合，岂择盛衰端？忆昔少壮日，迟回竟长叹。"这一段也是《垂老别》的正文，写老人临别时对老妻的多方宽慰。不言而喻，老妻对老人最关心的就是他的死活。因此，老人针对这一点做了颇为有力的宽解，表明此去纵然是死，也还很有一段时间。根据是我方的有利形势："土门壁甚坚，杏园度亦难。"杏园和土门，都是当时唐王朝控制河北的军事重地。杏园，在今河南省汲县，唐时亦称杏园镇，因为是黄河的津渡处，所以又称杏园渡。就是在杜甫写这首诗的前一年，郭子仪还曾引兵自杏园济河，东至获嘉，破安太清（见《通鉴·唐纪》卷三十六），可见其重要。这时仍在唐军手中。关于土门，历来就有两种说法，一直持续到今天仍未能取得一致。因此，我想趁这次谈论的机会多说几句。这两说：一是以为土门即井陉（在今河北省获鹿县），根据是《元和郡县志》卷十七载："河北道恒州获鹿县井陉口，今名土门口，在县西南十里，即太行八陉之第五陉也。四面高，中央下，似井，故名之。"主这一说的有钱谦益、朱鹤龄、仇兆鳌诸家，朱氏还说："时（郭）子仪、（李）光弼，相继守河阳，土门杏园，皆在河北，故须严备。"另一说，则以为土门不是指井陉，"未详所在。大约去河阳不远，当是河以南地"。主此说的有浦起龙和杨伦诸家，浦起龙还驳朱氏说："是时官军既溃而南，退保东京……则邺城以北，官军安得越境而守之？朱注以土门为井陉关，井陉在邺北六七百里，渐近范阳贼巢矣。诗乃反云'势异邺城下，纵死时犹宽'耶？何不考之甚也！"郭老（**按**：指郭沫若）也认为是在河阳附近，所以把这句诗译为"河阳的土门，壁垒严整"。据我看，当以前一说为是：第一，《元和郡县志》是中唐时人李吉甫写的，他说"今名土门口"，足见老人不说"井陉"而说"土门"，正是用的当时流行的为人们所熟知的说法；《新唐书·安禄山传》载至德元年（756）"李光弼出土门，救常山"，而《通鉴》则云李光弼"出井陉，至常山"，亦足证"土门"之与"井陉"本为一地。第二，土门一名，多次出现在史书上，全都指的井陉，至《元和郡县志》卷二所载土门山，则远在潼关以西，可见所谓其地"大约去河阳不远"，纯属想当然的臆说，是毫无根据的。第三，"三吏""三别"中提及的地方，都是赫赫有名的要地或重镇，如《潼关吏》的"潼关""东都"，《新安吏》的"旧京"，《石壕吏》和《新婚别》的"河阳"，以及本篇的"杏园"。像这样一个连方位都弄不清的"土门",哪里值得一提。这也就是说只有把这个"土门"解释为"井陉"这一著名的要塞,才相称,才够得上说一声"壁甚坚",也才能够多少起到宽慰老妻的作用。第四,浦氏反驳朱氏,说当时官军溃败南逃,邺城以北的土门,"官军安得越境而守之"。这也是一种模糊影响的说法。当时九节度的兵虽溃于邺城,但各军情况并不一样,李光弼和王思礼就是"整饬部伍,全军以归"的。李光弼原是河东(今山西省境)节度使,史书说他"全军以归",也就是说他再回到河东,驻扎太原(唐时也称"北京")。土门这一要塞,始终就由他牢牢掌握,根本不存在什么"官军安得越境而守"的问题。正是由于土门仍在官军手中,史思明才不敢乘邺城大胜之后,渡河而南,占领洛阳,而是回师北归范阳,就是怕李光弼由土门出兵,截其归路,或直捣其巢穴的。看来浦氏对"土门"这句诗似有误解。他以为老人是去戍土门的,所以有"越境而守"的话。不知这是老人对当时总的军事形势一种颇为乐观或故作乐观的泛说,意在宽慰老妻。他还怕老妻不相信,所以下句还加上了一个"杏园"。这和《石壕吏》的"急应河阳役",《新婚别》的"守边赴河阳",明点所戍地点的写法是不相同的。

"势异邺城下,纵死时犹宽",是说现在的形势,和围攻邺城时已大不相同。那时我们是进攻，现在是退守，反客为主，以逸待劳，何况还有土门和杏园这样的牢固的据点，短时间内，敌人根本进不来，我即使战死，也还早得很哩。你只管放心好了！老人的分析、估计是相当准确的。洛阳再次为史思明占领，事在这年（759）十月，距邺城之败，已逾半年。如果不是由于唐肃宗的昏庸，将镇守洛阳和河阳的郭子仪召回长安，而调遣镇守太原、土门的李光弼去替代郭子仪的职务，那史思明还是不敢南下夺取洛阳的。这时洛阳虽再度沦陷，但河阳却仍在李光弼掌握中，直到上元二年（761）二月才失守，距邺城之败，已将近两年了。老人说"纵死时犹宽"，是大致不错的。

　　"人生有离合，岂择盛衰端？"这两句是老人从另一角度来宽慰老妻的话。意思是说，人生在世总不免有个聚散离合，哪管咱们的年壮（盛）年老（衰）呢？这不能由咱们自己做主。碰到这种世道，老两口也得分离，你不要哭了，哭也没有用。这里的"离合"和"盛衰"，都是"复词偏义"，实际上只是说"离别"和"衰老"，"盛衰"二字，有的本子作"衰老"，这和"择"字不切合，因为必须具有"盛"和"衰"这两端（或者说两头、两方面），才能说"择"，如果只是"衰老"，那就用不着抉择了。这"盛衰"二字，也有一作"衰盛"的，意思虽一样，但一般习惯都是说"盛衰"而不说"衰盛"，所以我这里采用了蔡梦弼《草堂诗笺》的本子。

"忆昔少壮日，迟回竟长叹"，这两句是把话又说回来。尽管我这样宽慰你，但想起当年少壮时咱们一家团圆的光景，如今竟弄到这步田地，还得撇下你，我也是牵肠挂肚，放心不下。但迟回徘徊，终须一别，我也只有长叹就道了。这个"少壮日"，不单是指年龄，还兼指时代。老人的"少壮日"，摘用杜甫的诗句来说，那是正当"开元全盛日"的。

第四段："万国尽征戍，烽火被冈峦。积尸草木腥，流血川原丹。何乡为乐土？安敢尚盘桓！弃绝蓬室居，塌然摧肺肝。"这是《垂老别》的最后一段，写老人告别老妻后的思想活动，但作为老人进一步向大处再行宽解、开导老妻的话来看，也说得通。这时，老人的思想已提到关心国家命运的高度，从一己一家的悲惨遭遇，想到整个国家民族的深重灾难。"积尸草木腥，流血川原丹"，虽不无夸张，却也是实情。当时胡兵所到之处，是"杀戮到鸡狗"的。"丹"就是"红"，不用红而用丹，只是为了押韵。老人对唐王朝推行的残酷兵役自然也怨恨，但他尤其痛恨的是挑起这场罪恶战争的恩将仇报的胡人安禄山、史思明。他们的掠夺奸淫和野蛮屠杀，把祖国一片大好河山蹂躏得没一片干净土。由于血的事实的教育和思想认识的提高，老人为国献身的精神，也就更自觉、更积极，"何乡为乐土？安敢尚盘桓！"便是这一精神的集中表现。他再也不迟回长叹，盘桓流连了。

末尾两句，"弃绝蓬室居，塌然摧肺肝"，这与上文的投杖出门、长揖而别、不敢盘桓等表现，看似有矛盾。其实不然。当一个老人最后离开他那"生于斯，长于斯，聚家族于斯"的老茅屋时，他自然会感到五内有如崩溃一样的痛楚。这是人情之常。爱亲人、爱乡土，和爱祖国，原是一致的。

以上，便是个人对《垂老别》所作的一些分析和解释。

应该感谢诗人杜甫，他不仅反映了安史之乱时期人民遭受的灾难，而且也忠实地深刻地表达了广大人民在平定安史之乱的斗争中所做出的巨大贡献和爱国精神。

关于《垂老别》的艺术特点，和杜甫其他叙事诗特别是同一类型的如《新婚别》《无家别》差不多。一是人物语言的个性化。男女老少，各有各的口吻；二是人物心理的刻画，非常细致逼真；三是运用细节描写，凡是足以显示人物思想感情和性格的小动作都不放过。如"投杖"、"长揖"、公然自称"男儿"等。《新婚别》的"对君洗红妆"，也是一个例子；四是结构严谨，层次分明，这几乎可以说是全部杜诗的共同特点，所以梁启超曾说过杜甫最反对作诗"乱杂无章"的话，是不错的。

最后，对《垂老别》这一名篇，我想提出一个小问题。谁都知道，"三吏""三别"是写于邺城溃败之后不久，《垂老别》也明明提到邺城，而邺城之败是在这年三月三日，所以《新安吏》说"青山犹哭声"，《无家别》更明说"方春独荷锄"，但本诗中却有"岁暮衣裳单"之句，三月怎能说是"岁暮"呢？"苦用心"的诗人杜甫，不会不注意到这一问题。我想，这可能是为了顾全诗的完整性和增强诗的感染力，因而没有按照历史的真实，把"春暮"说成了"岁暮"。从艺术效果来看，这样的变通，是可以的，也是必要的。"诗史"毕竟是"诗史"而不是历史。再则三月初旬，在北方也还是颇有寒意的，所谓"料峭春寒"，而老妻又是单衣卧路，其寒确亦可伤，所以含混地用了个"岁暮"。有同志把这"岁暮"译成"数九寒天"，那就未免太落实了，恐不合作者本意。个人的看法未必对，也许可供讨论。据我所见，这还是一个从未有人触及的新问题。

（原载《文史哲》1982年第2期，收入《乐府诗词论薮》《萧涤非说乐府》《萧涤非杜甫研究全集》诸书）

出师未捷身先死　长使英雄泪满襟
——谈杜甫《蜀相》

丞相祠堂何处寻？锦官城外柏森森。

映阶碧草自春色，隔叶黄鹂空好音。

三顾频烦天下计，两朝开济老臣心。

出师未捷身先死，长使英雄泪满襟。

《蜀相》这首诗不仅是一首凭吊古迹、颂扬诸葛亮的咏史诗，而且是一首富有教育意义、感人至深的抒情诗。千百年来，有不少颂扬诸葛亮的诗篇，但最脍炙人口、激动人心的要算这一篇。

诗的题目叫"蜀相"，"蜀相"就是诸葛亮。公元221年，魏、蜀、吴三国鼎立之时，刘备在四川成都做了皇帝，历史上称为蜀汉，任命诸葛亮为丞相，所以称他为"蜀相"。但诗以"蜀相"为题，却不是单纯的历史记录，而是寄托了作者对诸葛亮的崇高敬意。

《蜀相》这首诗是唐肃宗上元元年的春天，就是公元760年杜甫初到成都时访诸葛亮庙所作。这时的情况，从杜甫个人的处境来看，政治上很不得志，"致君尧舜上，再使风俗淳"的理想已经完全落空，生活上的艰难困苦，更不必说。从当时社会现实来看，安史之乱已持续了五年还没平定，史思明再次攻陷了东都洛阳，自立为大燕皇帝，唐王朝仍在风雨飘摇之中；人民大量死亡，生产遭受全国性的大破坏，正如杜甫描写的那样："六合人烟稀""园庐但蒿藜"。尤其严重的是皇帝的昏庸，信任宦官，猜忌功臣。在这种情况下，杜甫的心情自然是很苦闷的。所以当他来到诸葛亮庙时，缅怀诸葛亮的为人，特别是他那"鞠躬尽瘁，死而后已"的精神，以及他和刘备君臣二人之间那种鱼水相得的关系，不禁百感交集、心潮翻滚，以致泪流满襟，因而写下了这首诗。这也许就是他自己说的"情在强诗篇"吧。

很明显，这首诗的主题就是歌颂诸葛亮。杜甫入蜀以后，思想上有一个很突出的变化，那就是他不再"自比稷与契"，不再把自己比作传说中尧舜时代的贤臣，曾教农民种庄稼的稷和帮助大禹治水的契了。而向往于诸葛亮。他写了一系列赞扬诸葛亮的诗，并公然说："凄其望吕葛，不复梦周孔。"意思就是说，他殷切期望的是吕尚、诸葛亮这类英雄人物，再也不梦想周公和孔子了。这首《蜀相》诗，便正是他"凄其望吕葛"的具体表现。全诗共八句，可分为两段：上四句写丞相祠堂，下四句写丞相本人。但这两段，并不是可以分开的两截。因为在对丞相祠堂的描写中，已暗含丞相其人在内。

开头两句"丞相祠堂何处寻？锦官城外柏森森"。用自问自答的方式，点明丞相祠堂的所在地。丞相祠堂，就是现在的武侯祠，在成都城南约二里，现在已经辟为"南郊公园"。武侯，是武乡侯的简称。公元223年，蜀后主刘禅封诸葛亮为武乡侯。值得注意的，是"何处寻"的"寻"字，它饱含着诗人杜甫对诸葛亮无限追慕的心情。因为心思其人，所以才要寻访其庙。"锦官城"是成都的别称，因织锦业发达，汉朝曾设有锦官来管理，所以后来又把成都称为锦官城。有时为了适应诗句的需要，也简称为"锦城"，如杜诗"锦城丝管日纷纷"。"柏森森"三字也值得我们仔细玩味。因为这森森的高大茂密的柏树，不只是丞相祠堂很容易识别的标志，而且是历代人民爱戴诸葛亮的见证。杜甫在夔州时写有一首《古柏行》的诗，专门描写孔明庙前的一棵老柏树。其中有这么两句："君臣已与时际会，树木犹为人爱惜。"意思是诸葛亮和刘备二人，君臣遇合，对国家有利，所以庙前的柏树一直受到后人的偏爱怜惜，长得非常高大。不言而喻，成都的丞相祠堂之所以能出现"柏森森"的景象，同样也是由于"人爱惜"的缘故。联系到古老的《诗经》里那首《甘棠》诗："蔽芾甘棠，勿剪勿伐，召伯所茇。"诗意是说，老百姓出于对召伯的爱戴，竟然连他曾经休息过的那棵甘棠树，都不忍砍伐，因而长得茂盛。由此，我们也就不难知道：凡是为人民做了好事的人，人民是不会忘记他的。

三、四两句，"映阶碧草自春色，隔叶黄鹂空好音"，是进而描写祠堂内的景物。但描写景物的目的，却是为了更深刻地表达对诸葛亮的怀念心情。表面上是写景，骨子里却是抒情。关键在于"自春色"的"自"字，和"空好音"的"空"字。由于自己心目中所景仰的人已经见不到了，所以，尽管映带在台阶两边的碧草并非不悦目，那藏身在森森的柏叶之中的黄莺儿的歌唱也并非不悦耳，但诗人都无心赏玩。这里的"自"字和"空"字，是互文对举，可以互训。所谓"互训"，也就是说，"自"可解释为"空"，"空"也可以解释为"自"。如果把这两个字对调一下，说成"空春色""自好音"，是不是可以呢？完全可以。对诗的原意，毫无影响。唐人李华《春行寄兴》诗说："芳树无人花自落，春山一路鸟空啼。"其中"自""空"二字的用法，和杜诗是相同的。

对于这两句的写景，过去有不同的理解，如清朝人仇兆鳌在其所著《杜诗详注》里就说是"写祠庙荒凉"的。近人大多数也采取这一说法。我以为这是一种误解。第一，从"碧草春色""黄鹂好音"的描写中，我们确实看不出有什么"荒凉"的意境，相反，倒是一幅春意盎然的景象。第二，古人常用草色来渲染春色之美，如江淹《别赋》中有"春草碧色，春水绿波"的句子，就是这一类。杜甫这里说的"碧草"，也正是这个意思。碧草就是碧草，不是蔓草、杂草、野草，更不是衰草，不能一看到"草"字，便和"荒凉"联系起来。而且，这样的理解也违背了诗人的创作意图。因为诗人的意图，正是要把祠堂的春景写得十分美好，然后再用"自""空"二字将这美好的春景如草色莺声等一齐抹倒，来加倍突出对诸葛亮的倾慕心情。春色越美，鸟音越好，就越有助于表现这种心情。如果理解为"荒凉"，便不能起到这种反衬作用。大好春光，人无不爱，就是杜甫也写过"不是爱花即欲死"的诗句，为什么在这儿他却采取了否定的态度呢？下文回答了这一问题。原来"伤心人别有怀抱"，他一心想念着的是这祠堂的主人——蜀相诸葛亮。这就由第一段过渡到第二段，由写景物过渡到写人。

五、六两句，"三顾频烦天下计，两朝开济老臣心"。这两句，从大处着眼，言简意赅，高度地概括和评价了诸葛亮一生的功绩和才德。这两句，都是上四下三的句法，应在第四字读断。上句写诸葛亮的才略，得到刘备的器重，刘备曾三次去拜访他。这在历史上是绝无仅有的，所以诸葛亮在《前出师表》中也有"先帝不以臣卑鄙，猥自枉屈，三顾臣于草庐之中，谘臣以当世之事"的话。"三顾频烦"，就是"频烦三顾"。"天下计"，即天下大计，也就是有名的"隆中对"中所说的：东连孙权，北拒曹操，西取刘璋（四川），南抚夷越等恢复国家统一的策略。这一句，虽然写到刘备，但着重点仍在赞扬诸葛亮。因为刘备之所以不厌其烦地三顾草庐，正是由于诸葛亮胸怀天下大计。下句写诸葛亮的忠贞。所谓"两朝开济"，是说诸葛亮先辅佐先主刘备开创帝业，建立蜀汉，后又辅佐后主刘禅巩固帝业，济美守成，真是"功盖三分国"。然而他毫不居功自傲，这就充分表明了他那老臣谋国的一片忠心。

　　诸葛亮一生中最感动人的地方，是他的死。诗的最后两句"出师未捷身先死，长使英雄泪满襟"，对诸葛亮的死，诗人表示了无限的哀思，对于他未能实现复兴汉室、统一中国的天下大计，表示痛惜。蜀后主建兴十二年，即公元234年春，诸葛亮第六次出兵伐魏，与司马懿的军队在陕西渭南遭遇，两军相持百余日。诸葛亮多次挑战，并把巾帼妇人之服送给司马懿来激怒他，但司马懿仍然坚不出战。诸葛亮终因操劳过度，这年八月，病死在武功五丈原的军营中，死时才五十四岁。这就是"出师未捷身先死"的史实。诸葛亮虽然壮志未酬，但是，他所表现的这种"鞠躬尽瘁，死而后已"的崇高精神所给予后人的积极影响，却是无可估量的。这也是诗人杜甫为之感动得泪流满襟的一个没有说穿了的原因。"泪满襟"的英雄，当然就是诗人杜甫自己。但他用了"长使"二字，便大大地扩充了感染的范围，不仅把普天之下的，而且把千百年后所有的有志未遂的英雄人物全都包括在内，使他们产生强烈的共鸣，同声一哭。

历史事实也正是这样证明着的。我们可以举两个例子：第一个为这两句诗所感动的例子，是唐顺宗时的王叔文。王叔文是当时出现的有著名文学家、思想家柳宗元和刘禹锡等参加的进步的政治集团的首领，他力图改革弊政，但因遭到宦官俱文珍等人的反对而终归失败。《旧唐书·王叔文传》是这样记载的："叔文但吟杜甫诸葛祠堂诗末句云'出师未捷身先死，长使英雄泪满襟'，因歔欷泣下。"所谓"歔欷泣下"，也就是"泪满襟"。这是公元805年，也就是杜甫写作这首诗之后不过三十五年的事情。第二个深受感动的例子，是北宋末年的爱国将领宗泽。当时，宋王朝的两个皇帝徽宗和钦宗父子二人双双被金人俘虏，宋高宗逃跑了，为了抵抗金兵的南侵，已经七十岁高龄的宗泽，亲自带兵镇守尚未沦陷的当时的国都开封，但终因忧愤而成疾，临死时，他也无限感慨地吟诵了这两句诗，并三呼"过河"，意思是渡过黄河，抗击金兵。这是公元1128年，也就是杜甫写作《蜀相》这首诗之后的三百六十八年的事情。从以上两个历史事例，我们也就可以看到这两句诗的巨大而深远的感染力量。

作为一个忧国忧民的伟大的现实主义诗人，杜甫这类咏史诗，也有其特点。这就是密切联系现实，密切联系自身。因而，在这类咏史诗中，我们也可以看出当时的社会状况，可以看出诗人自己的形象。即以《蜀相》一诗为例，为什么杜甫能把诸葛亮写得这样有血有肉，有声有色？原因也就在此。他不是为咏史而咏史，为歌颂诸葛亮而歌颂诸葛亮。而是有他的现实的政治目的。这就是他说的"安危须仗出群才""乱世想贤才"，他不但要求自己，也要求他的朋友们"早据要路思捐躯"，像诸葛亮那样为国而忘身；同时，他还希望唐肃宗能像刘备那样，信任如郭子仪那样忠心耿耿的老臣。

在诗歌体裁的运用方面，杜甫可以说是写七律的大师。他一个人就写了一百五十一首七律，超过初唐和盛唐诗人所作七律的总和。作为一首七言律诗，它要求结构紧凑，对仗工整，声调和谐，语言精练，等等，所有这些优点，《蜀相》一诗可以说都具备了。这里不一一细说。谈得不对的地方，还请同志们指正。

（1980年7月为山东人民广播电台撰稿并亲自播讲，1981年12月4日由中央人民广播电台赵培女士播讲，收入《唐诗鉴赏集》，人民文学出版社1981年版；《杜甫研究》，齐鲁书社1980年版；《萧涤非杜甫研究全集》上编，黑龙江教育出版社2006年版）

忧国愿年丰　好雨润无声

——谈杜甫《春夜喜雨》

好雨知时节，当春乃发生。

随风潜入夜，润物细无声。

野径云俱黑，江船火独明。

晓看红湿处，花重锦官城。

杜甫写了许多咏雨的诗，其中以"喜雨"为题的就有四篇，新选课文《春夜喜雨》便是这四篇中最有代表性、最脍炙人口的一篇。对于这首诗，有一点我们先须明确，就是不应仅从字面上简单地把它看作是一首写雨的咏物诗，而应进一步从实质上把它理解为爱国爱民的政治抒情诗，因为它正是杜甫"穷年忧黎元""忧国愿年丰"这种崇高精神的具体表现。伟大的现实主义诗人杜甫，他既认识到"邦以民为本"，也认识到"谷者命之本"，所以他的思想感情总是和广大人民息息相通，喜人民之所喜，忧人民之所忧，这就是他能够写出像《春夜喜雨》这一类好诗的思想基础。

这首诗的写作年代，宋人的看法就很不一致。这是一个涉及写作背景的重要问题，对理解作品也大有关系，我们在这里想做一些探讨。这首诗是杜甫住在成都草堂时的一个春天写的，关于这一点，古今无异议。但是，具体到哪一年的春天，却各行所是了。王洙的《杜工部集》和郭知达的《九家集注杜诗》都编在唐代宗宝应元年（762）春，蔡梦弼的《草堂诗笺》编在上元元年（760）春，黄鹤的《黄氏补千家集注杜工部诗史》则编在上元二年（761）春，黄鹤还申述了他的理由，说这首诗"梁权道亦编在宝应元年，然是年春旱，当是上元二年作"。他这一说，影响极大，自清人朱鹤龄、仇兆鳌以下直到近人的所有注释，全都从此说，几乎成了定论。其实，这一说法是大有问题的。黄鹤说宝应元年有春旱，是根据杜甫的《说旱》一文，文中有"今蜀自十月不雨，抵建卯"的话，"建卯"即建卯月，指二月，自去冬十月至今春二月一直没有雨，春旱确实相当严重。但值得注意的是"建卯"二字，因为它表明并非整个春季都不雨，丝毫也不排除这首喜雨诗有写于这一年的春天的可能性。黄氏不做具体分析，但云"春旱"，并据以判定这首诗"当作于上元二年"，是不科学的。

在这里，有一个问题，或者说有一个延误已久的错案，我们需要加以纠正。杜甫《说旱》的开头一段是这样写的："《周礼·司巫》：'若国大旱，则率巫而舞雩。'《传》曰：'龙见而雩。'谓建巳之月，苍龙宿之体，昏见东方，万物待雨盛大，故祭天，远为百谷祈膏雨也。"自"谓"字以下，"也"字以上，中间"建巳之月"等句，全是用的杜预《左传》注解释"龙见而雩"的原文，唯"万物待雨盛大"今本作"万物始盛，待雨而大"（见《左传·桓公五年》）。而朱鹤龄一时失于检点，竟将杜预的注看成杜甫的话，并认为《说旱》即写于"建巳之月"。他说："是年（指宝应元年）建巳月，公上严武《说旱》。"（见所撰《杜工部年谱》）这是很错误的。建巳月，是四月，已经是夏季了，如果夏四月，杜甫还正在大说其"旱"，大伤其脑筋，那还有什么"春夜喜雨"之可言呢？自然他要把这首诗编入上元二年春了。可怪的是，宋人蔡兴宗编的《杜甫年谱》早已指出："宝应元年春，建卯月，有《说旱》文。"而仇兆鳌和杨伦也都视而不见，先后沿袭朱氏的谬说。今天应予以澄清了。

古话说："饥者易为食，渴者易为饮。"正是干旱缺雨之时，才会特别感到雨之可贵可喜。杜甫其他三首《喜雨》

诗，便全是和旱联系在一起的，如："春旱天地昏""南国旱无雨""汤年旱颇甚，今日醉弦歌"，可见杜甫的喜雨，总是和他的忧旱密切相关的。《春夜喜雨》这首诗中虽没有出现"旱"字，但旱象还是可以通过他的"喜雨"来推知的。因此，我们认为这首诗，正是在宝应元年春，久旱得雨这一特定的背景下写成的。因为缓和了他在《说旱》中说的"冬麦黄枯，春种不入"的旱情和"行路皆菜色，田家其愁痛"的忧虑，所以不胜欣喜，以至形于歌咏，并即以"喜雨"为题写下了这首诗。

这是一首五言律诗。凡律诗，不管是五律，还是七律，照例都只有八句。这八句，又照例分作四联。这里有四个沿用已久的术语，即把第一、二两句叫作"首联"，第三、四两句叫作"颔联"，第五、六两句叫作"颈联"，第七、八两句叫作"尾联"。这是前人在广泛地研究了许许多多特别是唐人的成功作品的基础上，为了表明这四联的不同作用而采取的以人体结构为喻的一种形象化的说法。颔就是下巴，紧托着脑袋，表明这一联得紧跟上一联，所谓"抱而不脱"。颈就是脖子，脖子是能转动的，所以用来表明这一联得有所转变，不能一直捅下去。这一联和尾联的关系较密切，所以多数律诗往往形成上四句为一段，下四句另为一段的格局。现在写律诗的人越来越少了，但能多少懂得一些有关写作方面的情况，对我们理解、欣赏前人的律诗，还是有好处的。现在就应用这些术语来解释这首五律。

首联"好雨知时节，当春乃发生"二句，开口叫好，振笔直书，起得很有气势。"好"字不要轻易读过，在这一评价中，凝结着诗人极大的喜悦和对人民的深厚同情。我们不要太天真，以为"春雨贵如油"，谁人不喜？哪个不爱？不是的。"朱门几处看歌舞，犹恐春阴咽管弦"（*唐李约《观祈雨》*），在旧社会，像这类不管人民死活、连"春阴"都憎厌的剥削阶级老爷们是大有人在的。从全诗结构来看，这个"好"字，也起着统率全篇的作用，下文便是围绕着这一"好"字做具体描绘的。光是叫好，那还是不行。这雨，究竟好在哪里呢？好就好在它"知时节"。怎见得它知时节呢？下句"当春乃发生"，立即做了回答。当春天人们正需要雨的时候，而这雨竟似了解人们的心愿，及时地发生了，岂不是"知时节"？岂不是"好雨"？又岂不可喜？为了把自然景物写活，写得有情有义，诗人往往以无知为有知，以无情为有情，这也就是所谓"拟人化"。"知时节"便是用的这一表现手法。在杜甫之前，已有不少诗人写过《喜雨》诗，但都写得不出色。一个明显的原因，就是在他们心目中，在他们的笔下，雨只是雨，没有生命，没有意志。或据事直书，如曹植的"时雨中夜降"；或归功上帝，如谢惠连的"上天愍憔悴"，所以写不出雨的精神，缺乏诗味，因而也就不为人们所传诵。清人黄生说："非'知时节'三字，则写喜亦不透。"很有道理。其原因即与拟人化有关。如果易"知"字为"应"或其他什么字，就索然寡味了。"当春乃发生"，乃，即"就"的意思。"发生"，历来有两种不同说法：一说以为指"万物"，不指"雨"。如王嗣奭《杜臆》："好雨知时节，谓当春乃万物发生之时也，若解作雨发生，则陋矣！"另一说恰相反，以为指雨，不指万物。如顾宸《杜律注解》："应雨而雨，是为好雨。当春而春雨发，故曰发生。旧解万物发生，是为蛇足！"这两种说法，至今仍未能取得一致。我们认为，应以后一说为是。因为指雨发生，才能和上句紧相呼应，一意贯串；如指万物发生，则意思欠完整。光是说雨知道春天正是万物发生之时，是不能称之为"知时节"的。只有雨自身当春发生，才能说是"知时节"的"好雨"。春天是万物发生的季节，这是众所周知，不言而喻的。解作"万物发生"，等于什么都没有解释的多余的话，所以顾氏说是"蛇足"。也许有人以为，雨不可以说"发生"。其实不然。杜诗："二月六夜春水生""孤村春水生"，所谓"生"，也

风诗心赏

就是发生，春水可以说发生，春雨又有何不可？又他的《江雨》诗有"春雨暗暗塞峡中"之句，"塞"字一作"发"，这"发"，当然也就是"发生"的意思。

颔联"随风潜入夜，润物细无声"，这两句紧承上联而来。"知时节"，只是一个抽象的赞词，"发生"虽属行动，但还不具体，给人的印象不深刻，所以这颔联两句更进一步对好雨在发生过程中的神态做深入细致的刻画。"潜入"就是悄悄地暗暗地来到，视之无形，听之无声，故曰"潜"。这个"潜"字，确实很工，但和"夜"有关，不能孤立地看。关于这两句，仇注说："潜入、细润，正状好雨发生。"把这两句理解为对好雨发生的具体描绘，是完全正确的。因为只有做这样的理解，"发生"二字才能在上下两联之间起着桥梁作用，如解作包括农作物在内的植物的发生，上下联便要脱节了。

关于这雨究竟好在哪里的问题，顾宸也有解释。他说："雨随风，固属恒事，好在'潜入夜'三字；雨润物，固是常理，好在'细无声'三字。"情况确是如此。雨随风本是很自然的现象，杜诗中即有"檐雨细随风""风引更如丝"的描写，但说"潜入夜"，便别有一种情趣：似乎这雨，既不想惊扰人们夜间的休息，也不想妨碍人们白天的耕作；同样，雨润物，也是很平常的事，那首《大雨》诗就有"则知润物功，可以贷不毛"的句子，但说"细无声"，却另有一种意境！似乎这雨懂得春天里万物刚刚萌芽，叶小苗嫩，禁不住暴雨的摧残，因而才这般轻柔细软，倍加小心。然而这一切，又都是在暗中默默无声地进行的，好像这雨虽有润物之功却无意占有润物之名似的。这里，显然融入了诗人自己的高尚人格和审美观点。因为杜甫本人就是这样一个人物。比如，他任左拾遗的谏官时，是"避人焚谏草"的，为什么要这样做，还不是不欲人知吗。有人说杜甫把这写进诗里，就是"自我表扬"，未免过苛。我们倒是有点责怪杜甫太超然了，如果他能像魏徵那样把谏草都留个底，那对于后人的研究工作该有多大帮助啊！又如他写《说旱》一文时，已经是一个既无官守，又无言责的野老，但面对久旱的严重情况，他还是通过他和当时剑南节度使严武的私人友谊献上了这篇论说文（**实际上是一封为民请命书**），苦口婆心地劝说严武要清理狱囚，消除冤气，以求得"甘雨大降"。这对当时东西两川的广大人民来说，无疑是一件大好事；而对杜甫个人，则是并无名利之可言的。后来，杜甫在《同元使君〈春陵行〉》一诗中，极口称赞元结宁可自己违诏待罪，也要为老百姓免除赋税，却又不图任何名声的高尚行为，也正是和他这一审美观点一致的。总之，这两句诗，不仅写出了春夜好雨的美的形态，而且也刻画了雨的美的灵魂。所以清人黄生说："三、四是诗人胸襟。"是很有见地的。

颈联"野径云俱黑，江船火独明"，这两句写雨中所见夜景。从文字表面上看，似乎离开了题目，与好雨无关，与喜雨无关。其实不然。这里有两点值得注意：一是不要孤立地理解"野径云俱黑"，以为只是写黑云，而应当把它和好雨联系起来。我们知道，在"青天无片云"的情况下是不会有雨的，现在是乌云四布，一片漆黑，可见雨意正浓，一时不会停止，而且雨区甚广，这岂不是好雨？这岂不可喜？二是不要把上下二句看成平列的各自独立的句子。这两句的关系是主从关系，上句是主，下句是从属。因为诗人所关心的是和雨密切关联着的黑云，"火独明"只是用来反衬、突出或者说证实"云俱黑"的，是为"云俱黑"服务的。除了一点渔火之外，什么也看不见，则云之俱黑可知。不弄清上下句之间的主从关系，把下句和上句同等看待，那将会对"江船火独明"这句诗的出现感到突然，感到不好理解。关于这两句诗，王嗣奭有一段颇精细的分析，他说："野径云俱黑，知雨不遽止。盖缘江船火明，径临江上，从火光中见云之黑，皆写眼中实景，故妙。不然，则江船句与喜雨无涉；而黑云安得在野径耶？谭（元春）评江船句云'以此为雨境，尤妙'，安见其妙也？"可供参考。

尾联"晓看红湿处，花重锦官城"，这两句结语，写雨后晓景。"春来常早起"（《早起》），似已成了诗人晚年的生活习惯。由于一夜好雨，喜不成寐，他这一天想必起得特别早。杜甫作于唐代宗永泰元年（765）的《喜雨》说："晚来声不绝，应得夜深闻！"可见他是以深夜还能听到这种好雨的声音为欣幸的，根本就不想睡。"红"，是以色代指花。杜《春远》诗："肃肃花絮晚，菲菲红素轻。"红即指花，素即指絮。红花沾雨，故曰"红湿"。所看之花，非一株两株，而是一丛丛、一簇簇，故曰"红湿处"。百花红湿，则百谷之碧绿青葱，自不待言。花经雨湿则重，原是物理之常，这一点，杜甫以前即有人写到，如梁简文帝《赋得入阶雨》诗"渍花枝觉重"，和他同时的诗人张谓也有类似的诗句"柳枝经雨重"（《郡南亭子宴》），但他们都还是把"重"用作形容词，而杜甫这里则已变为动词了。这是他的新创。"重"字，不要呆看。把一座锦官城装点得分外妖娇，这也就是"重"。王嗣奭说："重字妙，他人不能下。"可惜他没有说明妙在何处，但这"重"字确是值得玩味。锦官城，即成都。不说成都城或其他什么城，而说锦官城，虽与声调有关，但主要是为了适应诗的内容的需要。诗人在这里所要表达的是一种喜悦的感情和优美的境界，所以特地选用了这个有声有色的漂亮的名

风诗心赏

称，并借以和盛开的红花取得协调一致。锦和花原是老搭档，成语中就有"如花似锦""花团锦簇""锦上添花"等等，用锦官城，正是相得益彰，恰到好处。不妨试一试：如果将这句改为"花重成都城"，虽然意思完全一样，但声调既哑，色调也暗，削弱了诗的感染力。结合杜甫的其他诗句，如"锦城丝管日纷纷"（《赠花卿》），便不用"成都"；而"成都乱罢气萧索"（《相从行》）、"成都猛将有花卿"（《戏作花卿歌》），则又不用"锦城"，可见他在这里也是有所选择的。用心很细。

关于尾联二句的写作时间，向有两种不同说法：一说以为是想象之词，一说则以为是写实。按照前一说，这首诗乃是杜甫当夜写成的，写于雨时；按照后一说，这首诗则是第二天拂晓时写成的，写于雨后。这两说都说得通，但我们认为后一说似更接近创作实际，也不必添字解经，把"晓"解释为"待晓"。要说有想象之词，那也只是最后一句，但仍然是由实感引起的。诗人由眼前所见草堂的带雨花枝，因而联想到整个锦官城也必然是万紫千红湿遍。这两句正是实写好雨的润物之功的。

这首诗，在写作上有不少可供借鉴的，上边已谈到一些，如拟人化等。这里我们补充几点：一是以虚带实，先断后叙，如一上来就肯定这雨是好雨，旗帜鲜明，下文一路写去，便有如顺流而下之舟。前人论文，有所谓"高屋建瓴"，这首诗是一个很典型的例子。二是层次分明。先写雨的发生，次写雨的动态，再写雨中夜景，最后写雨后的大好风光。时间则是由夜到晓。一清二楚。三是语言精练而自然。律诗既要讲平仄，中间四句还必须做成对子，所以容易流于板实晦涩。杜甫这首五律却写得生动活泼，明白晓畅，中间四句特别是第三、四两句，对仗甚工，但却使人忘其为对仗，这是很难得的。四是寓情于景，亦即寓主观于客观。比如，这首诗的题目，原有"喜雨"字样，但诗中却不见"喜"字，原来，他把喜意都注入对雨的具体描写中了。关于这一特点，清人已多有见及者。查慎行说："绝不露一笔喜字，无一字不是喜雨，无一笔不是春夜喜雨。"（江浩然《杜诗集说》）浦起龙也说："喜意都从罅缝里进透。"（《读杜心解》）是不错的。这一表现手法，在杜甫的叙事诗中尤为突出。这里，我们就不多说了。

（原载《中学语文教学》1982年第10期，收入《乐府诗词论薮》，齐鲁书社1985年版；《萧涤非杜甫研究全集》，黑龙江教育出版社2006年版）

风诗心赏

不是爱花即欲死：爱美的颠狂之歌

——谈杜甫《江畔独步寻花七绝句》

江上被花恼不彻，无处告诉只颠狂。

走觅南邻爱酒伴，经旬出饮独空床。

稠花乱蕊裹江滨，行步欹危实怕春。

诗酒尚堪驱使在，未须料理白头人！

江深竹静两三家，多事红花映白花。

报答春光知有处，应须美酒送生涯。

东望少城花满烟，百花高楼更可怜。

谁能载酒开金盏，唤取佳人舞绣筵？

黄师塔前江水东，春光懒困倚微风。

桃花一簇开无主，可爱深红爱浅红？

黄四娘家花满蹊，千朵万朵压枝低。

留连戏蝶时时舞，自在娇莺恰恰啼。

不是爱花即欲死，只恐花尽老相催。

繁枝容易纷纷落，嫩蕊商量细细开！

这组诗是公元762年，也就是唐代宗宝应元年的春天，杜甫寓居成都草堂已有两年时所写的。这时的情况，从杜甫个人来看，生活已相当安定，暂时摆脱了如《百忧集行》说的"强将笑语供主人，悲见生涯百忧集""痴儿不知父子礼，叫怒索饭啼门东"那种令人难堪的困境；同时经过两年的经营，诛茅锄草，种树栽花，浣花溪畔的草堂，也颇具规模，这对于经过长期折磨，始而悲号"有儒愁饿死"（《赠鲜于京兆》），既而哀叹"无食问乐土，无衣思南州"（《发秦州》），饱经丧乱、九死一生的杜甫，不能说不感到由衷的欣慰。特别是他的世交和挚友严武在上一年（761）的年底到成都任成都尹之后，生活更有了好转。严武非常敬爱杜甫，屡屡赠诗馈酒，还邀他做客，劝他做官，并多次携带酒馔亲自来草堂看望他。杜甫《严中丞枉驾见过》就有"元戎小队出郊坰，问柳寻花到野亭"的诗句。严武这种异乎寻常的深厚友情给"飘泊西南天地间"的杜甫更增添了不少快慰。从当时国家的形势来看，安史之乱虽尚未平定，但也不时传来一些鼓舞人心的消息。就在这年的正月，杜甫所一直属望的太尉李光弼就克复了许州，并连破叛军，同时"吐蕃请和"（《新唐书·肃宗纪》），这使得始终关心国家民族命运、急切盼望早日平定叛乱、返回家园的杜甫，心情为之一振。因而在一个风和日暖的春天，面对着那百花怒放的大好春光，他再也按捺不住他那欣喜欲狂的心情，于是便走出草堂，信步江滨，纵情观赏，随处成咏，写下了这一组寻花的绝句。

关于这组诗的写作年代，有的说是唐肃宗上元元年（760）春，有的说是上元二年（761）春。前一说不可靠，因为那时杜甫刚到成都不久，正忙着开荒盖茅屋，所谓"诛茅初一亩"；后一说的可能性也不大，因为那时他还未能解除一家生活的压迫，同时这年二月李光弼大败于邙山，"河阳、怀州皆没于贼。朝廷闻之，大惧"（《通鉴》）。在这种形势下，诗人杜甫恐怕也无心去问柳寻花。宋人王洙编的《杜工部集》、郭知达《九家集注杜诗》都定这组诗作于宝应元年（762），清人浦起龙《读杜心解》从之，我们认为是比较合理的。

这组诗是以歌咏自然风光为题材的抒情诗。它的主题思想，用诗人自己的话来说，便是"爱花"。花，是美丽的，这是它的自然属性，它给予人们以美的享受，不仅能美化环境，而且有助于美化人们的心灵。所以从古以来，尤其是诗人，就没有一个不爱花的。前人说"诗人命属花"，并不是一句空话。杜甫更是爱花如命，正如他自己表白的那样，"不是爱花即欲死"。在他晚年写的《岳麓山道林二寺行》中更做了具体的描绘："一重一掩吾肺腑，山鸟山花吾友于"，把祖国的山川花鸟看作如同自己的肺腑和骨肉兄弟。这说明杜甫的爱花，不是单纯地为了个人的欣赏，而是有他自己对花的看法和评价作为思想基础的。他从观察中，深刻地揭示了花的大公无私的品德："江山如有待，花柳更无私！"（《后游》）他从亲身体验中，如实地歌颂了花在精神和物质两方面给人们带来的好处："高秋总馈贫人食，来岁还舒满眼花！"（《题桃树》）这就难怪，他一盖起草堂就忙着栽花，用诗作为代价，四处向人乞讨，真个是"不论绿李与黄梅"。还应指出，杜甫的爱花，实质上也是他热爱生活、热爱祖国和一切美好事物的具体表现。"秦城楼阁烟花里，汉主山河锦绣中"（《清明》），希望整个祖国都美化得像花团锦簇一般，这才是他追求的终极目的。

由于这组诗是在一种比较安定的情况下写的，所以字里行间别有一段积极乐观的精神，生机勃勃，喜气洋洋。诗中虽也一再提到"老"和"白头人"，但却没有叹老的感伤情绪，相反，倒表现出一种不服老的豪迈气概。宋人刘须溪说："每诵数过，可歌可舞，能使老人复少。"（《集千家注批点杜工部集》卷七）是有道理的。

在诗篇的组织形式上，杜诗有一大特点，就是好为"连章体"，五古、七古、五律、七律、五绝、七绝里面全都有。所谓连章体，就是一题数首，有时多至二十首（如《秦州杂诗》），《江畔独步寻花七绝句》便是属于连章体的。这种连章体的诗，绝大部分都有严密的组织性，先后次序，不能颠倒。但由于这种诗，分开来看也能各自独立成篇，可以供人摘选，我们的课本便是选录这七首中的第六首。严格说来，这种做法，并不理想，因为看不到全诗的来龙去脉。所以对这一组诗作通盘介绍还是很必要的。

现在我们就依次来解释这七首绝句，对某些有争论的问题我们将多说一些。

第一首写独步寻花的缘由，点清题目。江上即江畔或江边，不是江面上，杜甫《曲江》诗："江上小堂巢翡翠，苑边高冢卧麒麟。"边与上互文，即其证，这个"江"就是杜甫草堂所在地的浣花溪。恼，就是生气、苦恼的意思。这是故意说反话，实际上是爱花。杜诗"韦曲花无赖，家家恼杀人"，其实是说爱杀人。彻，就是尽。恼不彻，就是说被花撩拨、苦恼得没完没了。这苦恼又无人可倾诉，只好独自个打转转，上不是，下不是，坐立不安，像发了疯似的。颠狂，就是举动失去了常态。为了解除苦闷，诗人终于走出了草堂去找他的一位邻居平素也爱喝酒的伙伴（杜甫自注："斛斯融，吾酒徒。"），打算同他一道去赏花，不料这位酒徒早已在外面喝得流连忘返，十多天都没回家，只剩下一张空床。真是妙人，妙事，妙文，写得有风趣。这就是"寻花"为什么要"独步"的由来了。

第二首是寻花的开始。首句点明地点，江滨即诗题中的江畔。稠花就是繁花，不说繁花而说稠花，这是一种创新。"裹"字，用口语，非常新鲜、生动、准确。描绘出江的两岸满是花，简直把一条江包裹了。"裹"字，有的本子作"畏"，浦起龙《读杜心解》说"若作裹字，便无味而俚"，未免点金成铁。不知"裹"字好就好在"俚"，既通俗易懂，又响亮动听，若作"畏"字，不但本句感到别扭，而且跟下句的"怕"字意思重复。上句才说畏，下句又说怕，成何文理？"行步欹危"就是步履蹒跚，走得不稳。杜甫这时是五十一岁，不算怎样老，但多年吃苦，又多病，所以变得老态龙钟。"欹危"这个词，杜甫的前辈李邕曾用过"况臣今兹，六十有七，光阴荏苒，行止欹危"（《辞官归滑州表》），可以帮助我们理解这个词在这句诗里的含义。"行步欹危"是"怕春"的张本。春光虽好，但身体衰弱，无力消受，不能像当年和好友李白"行歌泗水春"那样尽情欢乐，所以反而怕起春来了。这是对春的热爱的折光，是"力与愿矛盾"的心情的反映。怕春，这不近人情，恐人不信，故下一"实"字，表明自己不是瞎说。杜诗中某些用"实"字的地方，往往含有这一苦衷，如乾元二年（759）他由秦州（甘肃天水县），往同谷（甘肃成县）写的《寒硖》诗："寒硖不可度，我实衣裳单！"多么奇怪，杜甫仿佛就知道千百年后还有人不相信似的。杜甫是老实人，也是顽强的人。怕春，是实情；不甘心屈服于怕春，也是实情，这就使他唱出了下面的两句诗："诗酒尚堪驱使在，未须料理白头人！"意思是说，我虽"行步欹危"，腿脚不大听使唤，但诗和酒却还驱使得动。不直说自己尚能写诗，尚能饮酒，而说"诗酒尚堪驱使"，将诗酒看成奴仆一般，语极幽默，耐人玩味。"在"，是唐人口语，这里相当于"得"字。既能饮酒赏花，又能赋诗咏花，哪还怕什么恼人的春色，所以说"未须料理白头人"。"料理"是从六朝以来就有了的口语，相当于现在的"照料""照顾"。最早见于六朝的民歌，原为"整理"的意思，如《懊侬歌》："发乱谁料理？托侬言相思。"又："爱子好情怀，倾家料理乱。"（《乐府诗集》卷四十六）有时也单用一个"料"字，如《读曲歌》："逋发不可料，憔悴为谁睹？""逋发"就是乱发，散发的意思，"料"即料理的省文，句意是说头发乱得没法梳。文人著述中使用这一俗语，多半是它的引申义。杜甫此诗也是如此。如果联系杜甫《同谷县作歌》"白头乱发垂过耳"的诗句，我们不妨说这个"料理"含有双重性。"未须"，即不必、用不着的意思。这两句诗，语似自谦，实则自负、自豪，充分表现出诗人的倔强性格和乐观精神。卢元昌《杜诗阐》说："驱使诗酒，实有才情意气。今人都被诗酒驱使，则苦于诗，困于酒矣。公曰诗酒尚堪驱使在，有廉将军（廉颇）披甲上马，马伏波（马援）据鞍顾盼意。"这是一个很精辟的解释。

第三首写诗人继续在江畔寻花的情景。首句点明地点。杜甫沿着浣花溪缓步前行，只见那水深竹密之处藏着两三户人家，花正开得热闹。桃红李白，相映生辉，令人眼花缭乱，他不由得又嗔怪起花来了。"多事"是口语，我们现在还常用，意思是不安分，做些不该做的事。仇注说："多事，就花开言，亦有恼花意。"这是对的。吴见思《杜诗论文》解释为"人又好事，种红花以映白花"，把"多事"理解为人多事，杜甫在生种花人的气，这就把这句诗说死了。不知这是一种拟人化的说法，跟骂春色和花为"无赖"正是一样。怪花多事，也是在说反话，实际上是感激不尽，所以下面才有"报答春光"的话。如果不是感恩，就谈不上报答。"应须"，就是应当要，春光这样美好，报答春光理当饮酒才相称。但应当要，却不一定有，所以这也不过是诗人一时兴发的一种美好愿望而已。"送生涯"就是度过这一春乃至一生。早在十年前，当诗人困守长安时，曾说过"烂醉是生涯"的话，未免悲观消沉。这时的心境显然要平和开朗得多，表现的是对生活的热爱。

第四首写诗人眺望少城烟花时的情景，是寻花过程中的一段插曲，旧注有的说是"寻花少城"，不确，因为诗里明言是"望"。少城，秦时张仪所筑，紧靠成都大城的西边，现在还叫少城，有少城公园。杜甫草堂在少城西南二三里，从"东望少城"和下一首"黄师塔前江水东"看来，我们可以确定，杜甫当日寻花的路线，是由草堂一路向东，也就是向着万里桥的方向走的。"花满烟"，描写望中所见一片盛开的花。《杜臆》："变烟花为花满烟，化腐为新。"仇注说，"少城居密，故烟气蒙花"，太拘泥了。杜诗"烟花山际重"，难道山际也有很多居民吗？百花齐放，远远望去，一片朦胧，如烟似雾，故曰烟花，与人烟无涉。当时少城中大概有座百花楼，为适合七字句式，故插入一"高"字。"可怜"有二义：一是可哀，一是可爱。以杜诗为例，前者如"可怜王孙泣路隅"，后者如"可怜九马争神骏"。这里的"可怜"，是可爱的意思。百花楼可能是当时地方长官举行宴会的地方，有人说是少城中的酒楼，恐不可信。因为诗中说到"载酒"，载酒就是携酒，如果是酒楼，便不用自备酒馔。大约他的好友成都尹严武曾在这里宴请过他，因而产生"开金盏""舞绣筵"的联想。绣筵，犹玳筵、华筵、琼筵，指酒馔的丰盛。"佳人"指歌姬舞女，唐人习惯地称她们为佳人，在旧时代，尤其是唐代，歌舞非常盛行。杜甫有此种想法，是时代风气的反映。总之，佳人也罢，金盏也罢，绣筵也罢，轻歌曼舞也罢，一切都是为"爱花"这一主题服务的。

第五首写寻花至黄师塔前所见光景。师，是对僧人的尊称，特加尊敬则称"大师"。如杜甫《赠闾丘师兄》诗"大师铜梁秀"。僧人葬处建的塔叫"师塔"，因为俗姓黄，故名"黄师塔"。"春光懒困倚微风"，《杜臆》说"似不可解"。按此句也并不难解。杜甫这时已走了不少路，又春气融和，未免感到有些困倦，因而倚杖小立于微风之中，任春风拂面。倚，是倚杖，明确这一点很重要。杜甫入川以后，一直到死，行路时总是手不离杖的。据这一期间写的诗，就有："吟诗信杖扶"（《徐步》）、"杖藜从白首"（《屏迹》）、"倚杖穿花听马嘶"（《中丞严公雨中垂寄见忆一绝》）等句，同时还有以《倚杖》为题的诗："看花虽郭内，倚杖即溪边。"都是证明。诗人倚杖小立，一则稍事休息，二则趁机品赏桃花。"一簇"就是一丛丛。桃花没有主人，正可任人尽情观赏。问题是，爱深红色的，还是爱浅红色的？这就得由你自己去决定。当然，深红浅红你都爱，那也一听尊便。意思是说，深红浅红都可爱。"可"字有情愿义，所以我们常说"宁可"如何如何，这里兼作设问词，相当于"将"，它贯串下面两个"爱"字。"爱浅红"上，本应再用一"可"字，因从上文而省。古人诗文中此例甚多。末句作反诘语气，特觉生动。《杜诗论文》解作"一簇之中，可爱者深红，更可爱者浅红"便变成死句了。

第六首写寻花至黄四娘家时所见的景物。"娘"和"娘子"都是唐人对妇女的美称。唐人还有一种风气，就是以称呼对方的排行为尊敬。比如杜甫在兄弟辈中排行第二，所以李白、高适都称他为"杜二"，杜甫也称李白为"李十二"，称高适为"高三十五"。这风气在对妇女的称呼中也普遍存在。"娘"字上再加行第，并冠以姓，称某某第几娘。如《旧唐书·肃宗纪》载："许叔冀奏：卫州妇人侯四娘、滑州妇人唐四娘、某州妇人王二娘，相与歃血，请赴行营讨贼。皆补果毅。"显然，她们都是身体健壮的良家妇女，故许叔冀在奏文中这样称呼，朝廷也任命她们做武官。由于当时社会风气如此，唐人对一般下层妇女也是这等称呼。如唐人传奇小说中出现的"杨六娘""营十一娘""张十五娘"等。这倒是一种变例，不是常规。浦起龙未作全面调查便断言："黄四娘，自是妓人。用戏蝶、娇莺，恰合。"（《读杜心解》）未免望文生义，见有"娘"字，便以为是"花娘"。并以诗中的"戏蝶""娇莺"为理由，好像杜甫是在用戏蝶影射狎客，以娇莺影射黄四娘，更是穿凿附会，不仅歪曲了诗人的写作意图，也把幽静的自然环境破坏了。如果黄四娘真是妓人，那么门前车马喧嚣，不仅杜甫不会去寻花，黄莺儿怕也要感到不"自在"，"避人双入绿杨深"（唐齐己《早莺》），早飞开了。所以我们不能不加以澄清。其实，黄四娘就是一位爱花的妇女，杜甫的近邻（按苏轼有一首类似寻花的七律，末二句是："主人白发青裙袂，子美诗中黄四娘。"所谓"主人"，是指一"少寡，独居三十年"的"林氏媪"，可知苏轼也是不以黄四娘为妓女的）。

"花满蹊"就是小路两旁开满了花，也就是杜诗"花径不曾缘客扫"的"花径"。这句是写小的花卉，如牡丹、芍药、丁香、蔷薇之类。下句则是写的桃杏梨李一类花木，故有"千朵万朵压枝低"之句，应分别看。正因为花多，这就引来了莺蝶，和下文是一意贯通的。

"留连戏蝶时时舞，自在娇莺恰恰啼。"这两句是所谓"工对"。因为它在完成一般对句的要求之外，还使用了"双声对"，如以"留连"对"自在"（周春列为"双声正格"），同时还用了"叠字对"，如以"时时"对"恰恰"。所以声调特别和谐婉转。"留连"是留恋不肯离去，"自在"即自由自在，和杜诗"江流大自在，坐稳兴悠哉"的"自在"是一个意思。

关于"恰恰"的词义，有分歧。新、旧《辞海》的解释就不一样。旧版解作"适逢其时之谓"，而新版却解作"形容声音的和谐"，现在的许多选本也是这样解释的。我们认为还是旧版的解释对。因为，用"恰恰"来形容莺声或一般鸟声是从来没有的，也形容得不伦不类。古老的《诗经》是用"绵蛮"形容莺声的，如"绵蛮黄鸟"，后来韦应物的《听莺曲》将"绵蛮"变为重文"绵绵蛮蛮如有情"，唐人形容莺声则用"间关"，如白居易《琵琶行》"间关莺语花底滑"、陆宸《禁林闻晓莺》"断续随风远，间关送月沉"。《诗经》里还有用"关关""嘤嘤"一类重文来摹写鸟声的，都大致近似，而"恰恰"则殊不类，所以除此之外，再找不到一个佐证。

下面再陈述我们的几点理由。第一，从诗的标题"独步寻花"来看，"恰恰"应解作"适逢其时"或"刚好""碰巧"。诗人这时不是坐着不动，而是一路走来的，而且走得相当远，从诗的排列次序上看，黄四娘家已是他寻花的最后一站了。当他拖着疲乏的步子踱进门来，刚好碰上莺啼，自然感到一种意外的喜悦，所以便写入诗中。如解作莺声，便和诗题"独步"脱节。前人是注意到这一点的。吴见思说"又有娇莺，恰客至而忽啼"，卢元昌说"娇莺树里，见客方啼"。施鸿保《读杜诗说》更结合诗题，明确地指出："此言独步之时之处，适当莺啼。"他们这些解释，应该说是有道理的。

第二，从古典诗歌的"对法"上看，"恰恰"也只能解作时间副词，解作形容莺啼声，便和上句"时时舞"配不成对子。如果说"恰恰"是形容莺的啼声，我们能不能说"时时"也是形容蝶的舞姿的呢？显然不能。因为谁也说不出"时时舞"是个什么样子的舞。这种上下对称，在对法上是必须顾全的，所以我们不能单看一句，也不能只看字面。要把"恰恰"解为形容莺声，那只有原诗不是"时时舞"而是"翩翩舞"，才能站得住脚，才能在"对法"上通得过。以下一首诗"繁枝容易纷纷落，嫩蕊商量细细开"二句为例，"纷纷落"是"落"的样子，"细细开"也是"开"的样子，故可作对。假如改"纷纷落"为"时时落"，虽意亦可通，却不成对法。唐人常常以"往往"对"时时"，如沈佺期诗"往往花间逢彩石，时时竹里见红泉"。杜诗也有以"日日"对"时时"的，如《缆船苦风戏题四韵》："吹帽时时落，维舟日日孤。"这些也有助于我们对"恰恰"含义的理解。

第三，从历来对"恰恰"的用法来看，它也应是表时间的。在杜甫之前，如王绩的《春日》诗："年光恰恰来，满瓮营春酒。"在杜甫之后，如宋黄山谷的《同孙不愚过昆阳》："田家恰恰值春忙，驱马悠悠昆水阳。"杨万里的"银烛不烧渠不睡，梢头恰恰挂冰轮（月亮）"便都是适逢其时的意思。特别值得注意的是黄山谷的诗，因为他也是一个"杜诗迷"，说"杜诗无一字无来处"的便是他，现在他用"恰恰"

这个词，不仅表明他对杜甫这句诗的理解，还表明这一俗语在宋时还流行（其实现在也还活在我们口头上）。

第七首，也是最后一首，是这组诗的总结。打头第一句"不是爱花即欲死"，喷薄而出，直抒胸臆，表白了"寻花"的根由。所有上文说的"被花恼""怕春"等等，也都可以在"爱花"这一点上得到说明。原来诗说的是反话。"即欲死"一作"即肯死"和"即索死"，意思差不多，"索"也就是"要"。因为爱花如命，所以只怕花尽，无花可爱，那时就又要感到"老"在催人了。其实，作为一个伟大的爱国诗人，即使是有花可赏，也并不能使他乐而忘"老"。相反，倒感到花在催他老，如《和裴迪早梅相忆见寄》诗"江边一树垂垂发，朝夕催人自白头"。所以，应该看到，这里表现的只是诗人思想感情的一个侧面。有花开，就有花落，但出于爱花的心情，总希望花能多开一些时间，所以有第三、四句的想法。"繁枝"就是"千朵万朵压枝低"的缩写。"嫩蕊"是含苞待放的花骨朵儿。这两句应理解为"流水对"，表面上字字相当，实际上是一意贯穿，上下两句，有因果关系。因为"繁枝容易纷纷落"，所以希望"嫩蕊商量细细开"。"商量"是指嫩蕊，与嫩蕊共同商量，是叮嘱的话，有人解为诗人"与花商量"，尚欠确。这两句，和《曲江》诗"传语风光共流转，暂时相赏莫相违"，命意和写法都相似，可以互参。

关于"不是爱花即欲死"这一句，我们要善于领会。一是不要死看，不要呆看。以为诗人真的要像他所说的那样，不是爱花，就不想活。诗人一般是富于感情的，诗人杜甫尤其是如此，所以梁启超先生曾称杜甫为"情圣杜甫"。为了表达内心的激情的需要，诗人往往情不自禁地把话说到尽头，说到无以复加的地步，特别是当诗人处于一种"颠狂"状态时更是这样，其中有夸张的成分。但这也不是说，诗人在说假话。不，诗人是和虚伪绝缘的。二是不要狭隘地机械地来理解这句诗，以为诗人就只是在爱花。要知道，"花"在诗人心目中是"美"的象征。爱花，实质上就是爱美。既爱自然界的一切美好景物，也爱社会上的一切美好事物。爱是和恨同时并存的。爱真、善、美，就必须恨假、恶、丑。诗人杜甫的一生正是如此。他的警句："新松恨不高千尺，恶竹应须斩万竿"，便全面地概括地说明了这种情况。三是我们还应当从"不是爱花即欲死"这句诗中，揭示出诗人为追求美好的事物、实现美好的理想而不惜自我牺牲的崇高精神。为了使一首诗达到完美无缺，所谓"毫发无遗憾"，诗人曾这样表示："为人性僻耽佳句，语不惊人死不休！"他要拼命了。为了能够实现他那"安得广厦千万间"的宏伟愿望，使所有的人都免遭风雨的侵袭，他自己情愿死去："吾庐独破受冻死亦足！"这和"不是爱花即欲死"的精神，正是一致的。现在我们国家正大力提倡"五讲""四美"，从杜甫的爱花，从他的实际行动，"平生憩息地，必种数竿竹"（《客堂》），以及前面已经提到的他经营草堂时的那些活动，我们可以得出一条经验，环境美对于心灵美是大有关系的。

最后，我们结合这组诗谈谈杜甫七言绝句的艺术特点。杜甫现存的七绝有一百零七首，除两首外，全都写于他到成都之后。这和他的生活环境的改变，自然是有关系的。他这时已离开了安史之乱的核心地带，来到"锦城丝管日纷纷"的成都，生活面窄了，也未能深入现实，五古和七古这类大刀阔斧式的诗体，暂时用不上，但他还是有许多话要说，因而同时采用了这种短小精悍自由活泼的绝句体。

杜甫绝句的艺术特色，具体地说，有以下几点：第一是，内容庞杂。也可以这样说，他扩大了绝句的功能，充实了绝句的容量。他不仅用以歌咏自然景色，描写风土人情，叙述身边琐事，也用以褒贬朝廷大政，讽刺地方军阀，并开创了以诗论诗的先例（如《戏为六绝句》），内容几乎无所不有。我们可以说绝句就是杜诗中的"杂文"，或者说是"杂文式"的杜诗。有时一首不够用，便再来一首，甚或多至十二首，如《解闷十二首》等等。这也就是前面说过的"连章体"。《江畔独步寻花七绝句》便是写身边琐事的连章体。

第二是，语言的通俗化。杜甫的古体诗也常用方言口语，但不似绝句这样明显、突出。即以寻花七绝句为例，其中如"告诉""颠狂""驱使在""料理""多事""报答""可怜""一簇""恰恰""商量""千朵万朵"等，便全是口语。所以元稹称道杜甫："怜渠直道当时语，不着心源傍古人。"（《酬孝甫见赠》）古今来都很赏识杜甫那首"两个黄鹂鸣翠柳，一行白鹭上青天"的绝句，说是对得工整，不知其中"两个""一行"就是口语。所以我们读杜甫的绝句，特别感到亲切，有风趣，因为生活气息很浓。所以会出现这种情况，显然是受到民歌，尤其是当时四川流行的《竹枝歌》的影响。《杜臆》就曾指出这组诗"亦竹枝变调"。

第三是，声调的自由化。不知怎的，自言"老去渐于诗律细"的诗人，对绝句却是另眼看待，放宽律尺，绝不在平仄乃至押韵上斤斤计较。以这组寻花诗为例，七首中除了第二、第三两首外，其他五首都有拗句，不完全符合平仄谱。如"千朵万朵压枝低""只恐花尽老相催"，按律，这两句的第二字都应用平，但却用了仄声。"黄师塔前江水东"，第二字应用仄，却又用了平声，至于"百花高楼更可怜"，则一句之中竟有两个字平仄不合，如"楼"字当仄而用平，"可"字当平而用仄。尤其是第一首，除末句外，全拗。所以前人评杜甫绝句"有似民谣者"，也有称为"古绝句"的。不仅平仄声调上，杜甫不按照老谱，就是在押韵上他有时也敢于大胆突破。如《三绝句》之一："前年渝州杀刺史，今年开州杀刺史。"不仅押仄韵，而且上下两句都押"史"字。这不但在万首唐人绝句中找不到第二个例子，就是在唐以后所有的绝句中也找不到。应该说，这确实是不足为训的，杜甫也只是这一首。但这也表明当内容和形式发生矛盾时，他绝不肯牺牲内容来迁就形式。当然，在那能够讲究的地方，他也是非常讲究，不肯轻易从事的。如我们前面已谈到的"留连戏蝶"二句，便是证明。

此外，在表现手法上，采用拟人、夸张、说反话等修辞方法，在句式上或骈或散，或半骈半散，如所谓"行云流水，初无定质"，这些也是值得注意的。

总的说来，杜甫绝句的艺术特色，在于它既保持了民歌自然、朴实、通俗、清新的本色，又体现了诗人独具匠心的大胆创造。自然美、心灵美与艺术美相结合，形成了别具一格的天然风趣。明人卢世㴗《杜诗胥钞》说："江畔独步寻花，命题最佳，诗更有致。似喧而实静，似放而实微，似顽丑而实纤丽。"是很有见地的。在七言绝句风靡一时、名手辈出的盛唐时期，杜甫七绝的出现，从内容题材到语言风格，都可以说是一大解放。他别开生面，独树一帜。正如清人李重华《贞一斋诗话》说的："杜老七绝，欲与诸家分道扬镳，故而别开异径。"杜甫这种力图避免由于某种诗体的成熟而日趋僵化的革新精神，是可贵的。但也因此，使得他的七绝，不合当时人的口味，绝少传唱；后人也视为"别派""别调"，不是"正声"，是不可效法的。这种正统的文艺观点，今天看来，当然不足取。如果说，唐三百年间，为数众多的七言绝句是千万朵香花，那么，杜甫的七言绝句，应该说是其中的一朵奇花。我们可以向李白、王昌龄诸人学习，也可以向杜甫学习。在古典诗歌的体裁中，七绝一体，生命力最强，宋人洪迈所编《万首唐人绝句》，七言绝句占七十五卷，五言绝句只二十五卷，就证明了这一点。从目前新、旧诗人的写作情况看，都比较欢喜采用这一诗体，杜甫七绝的创作经验不也是值得我们借鉴的吗？

（原载《中学语文教学》1982年第8期，收入《乐府诗词论薮》，齐鲁书社1985年版；《萧涤非杜甫研究全集》，黑龙江教育出版社2006年版）

对祖国的无限关怀：每依北斗望京华

——谈杜甫《秋兴八首》（其二）

夔府孤城落日斜，每依北斗望京华。

听猿实下三声泪，奉使虚随八月槎。

画省香炉违伏枕，山楼粉堞隐悲笳。

请看石上藤萝月，已映洲前芦荻花。

《秋兴八首》是唐代宗大历元年（766）秋天杜甫在夔州所作的一组七言律诗。感时伤怀，因秋发兴，故曰"秋兴"。755年的渔阳鼙鼓，惊破了李唐王朝的太平酣梦，大唐帝国由兴盛转向衰落，由统一走向分裂。与时代共呼吸的杜甫从此也亲历离乱之苦，饱尝家国之痛。经历三年干戈扰攘之后，从公元759年杜甫弃官客居秦州，到写这组诗时，他又已足足过了七个年头的漂泊生涯，然而时局并无转机，外敌侵逼、藩镇割据，又更加剧了艰难的国步。由于严武去世，他在成都失去凭依，这时正流寓夔州孤城。漂泊的生涯，凄苦的身世，壮怀莫酬的心境，值此萧飒的秋光，自然使诗人触目伤怀，忧思倍增。不管境遇如何艰难，诗人最关心的总是时代的兴衰、国家的命运。因而在这组诗中篇篇都熔铸着诗人的缅想乡园、思念故国、关怀时事的深挚情思。

本篇是组诗的第二首，写身在夔州而怅望京华，殷殷怀思。首联直写依孤城北望，点题笔墨，提挈全篇。"夔府"，即夔州，点所在地，"每依"，见出夜夜如此，凭栏伫望。长安城上值北斗，故依北斗为标准翘望京华。清徐增云："'落日斜'，装在孤城二字下，惨淡之极，又如亲见子美一身立于斜阳中也。"（见《而庵说唐诗》）"三声泪"来自渔歌，《水经注·江水注》载渔歌有"巴东三峡巫峡长，猿鸣三声泪沾裳"之句。昔闻其语，今日有了亲身体验，故下一"实"字。"八月槎"，化用传说故事，《博物志》记，天河与海通，每年八月有浮槎（木筏）来去不失期，有人乘之至天河。《荆楚岁时记》则谓汉武帝令张骞穷河源，乘槎经月而达天河，后至蜀见严君平。此处以张骞至天河喻指严武还朝廷。代宗广德二年（764）严武曾表荐杜甫为节度幕府参谋，杜甫当时有随严武奉使还的打算，故其《立秋雨院中有作》

云："主将归调鼎，吾还访旧丘。"后严武病死成都，还朝的打算就此落空，故曰"虚随"。这一"实"一"虚"，写尽了诗人素愿难遂、漂流堪悲的重重心事，无限感伤。

第三联写长离京华、远羁夔府。画省，指尚书省，据《汉官仪》，尚书省皆以胡粉涂壁，画古贤人烈女，尚书郎宿直，有侍女执香炉熏香，杜甫原有检校工部员外郎头衔，属尚书省。"山楼"，指夔州白帝城楼。"粉堞"，城上白色短墙。这两句是说：因伏枕卧病违离画省、不得还朝，只有流寓山城聆听白帝城楼隐隐传来的胡笳悲鸣了。说自己因伏枕不能还朝自然是曲笔。第五句回应第四句，第六句拍合第三句，交叉承接，进一步宣发出僻处孤城而系念京邑的情愫。

第四联以景结情，写石上藤萝梢头之明月，已移照洲前之芦荻花，由日落到月移，因思国之情切，故不觉伫望之长久。"藤萝月"承接"落日斜"、芦荻花暗合题面，倒煞秋兴。一"每"字见得年来常此不断，一"望"字引发如许忧思，全篇慨往伤今，感怆郁勃，体现了诗人执着的忧时思国的一片忠悃。

《秋兴八首》为杜甫惨淡经营之作。律诗本是一种具有音乐性的诗体，诗人完成一首律诗，往往不是用笔写出来而是用口吟出来的。因此，对于一首律诗，特别是像《秋兴八首》这样的七律的鉴赏，更需要下一点吟咏的功夫。这倒不是单纯为了欣赏诗的音节的铿锵，而是为了通过抑扬亢堕的音节来更好地感受作者那种沉雄勃郁的心情。前人评《秋兴八首》，谓"浑浑吟讽，佳趣当自得之"，是不错的。

（原载《爱国诗词鉴赏辞典》，南京大学出版社1992年版；收入本书时有增补）

故国平居有所思

——谈杜甫《秋兴八首》（其四）

闻道长安似奕棋，百年世事不胜悲：

王侯第宅皆新主，文武衣冠异昔时。

直北关山金鼓振，征西车马羽书驰。

——鱼龙寂寞秋江冷，故国平居有所思。

《秋兴》第四首正面写长安，进而忆及国事军情，抒发了诗人身在江湖、心系故国的绵绵忧思、款款忠怀。此首为八首之枢纽，前三首多就夔州言，此以下五首多就长安言。中心就是"故国之思"，一以贯之。

首联凌虚喝起，笼罩全篇。"闻道"二字提领起句，杜甫往往把千真万确的事，故意托之耳闻，语便摇曳多姿。如《即事》"闻道花门破，和亲事却非"等，与此同一手法。当时京中权力争夺不休，政局更迭反复，故曰"长安似奕棋"。"百年世事"，杜甫自谓平生经历。徐而庵说："不曰国政，而曰世事者，盖微词也！"包括近年时事和京华政局，是从历史和人世的宏观范围评说现实，"不胜悲"，可见国事陵夷，时局艰危！

中间两联具体申述"世事"，三、四句侧重"似奕棋"而言，写朝内权力更替，新贵代替旧贵。例如开国功臣李靖的宅第为权相李林甫占有，中书令马周的公馆归了声势煊赫的虢国夫人，安史之乱后，大臣宿将竞相构建豪华府第，一批批新贵上台，权倾朝野，两句写尽了京中高层当权者的争斗和腐败。五、六句扩展到写朝外边防危机。当时北有回纥的威胁，西有吐蕃的侵扰，史载广德初年（763—764）吐蕃、回纥相继入侵。"直北关山"写回纥入侵，"征西车马"写抗御吐蕃，"金鼓振""羽书驰"，形容边情紧急。中四句就"百年世事"的内涵生发，时朝内则权贵倾轧，当政非复往日社稷之臣；朝外则干戈纷扰，四境燃遍烽火狼烟。言念及此，自然不胜今昔之感。足见"不胜悲"是有充分的历史内容的。

尾联收拢到夔州，回到自身，总结全篇。"鱼龙寂寞"形容秋江寂寥，相传秋季鱼龙蛰伏深渊，江面落寞清冷。这里意境与其《秦州杂诗》"水落鱼龙夜，山空鸟鼠秋"相近。"鱼龙"沉潜水底,亦有暗喻自己蛰伏荒江之意。身虽隐沦山城,而心则无时不驰念长安,故国长安,本昔年平日家居之地,又是政治中心,国运民生所系,岂能不眷念于怀,忧思日深。故曰"有所思"。而当此万方多难却一筹莫展,如蟠伏之鱼龙,岂不可悲?

全篇以"闻道"提起,以"不胜悲"喟叹而入。中间推出"王侯第宅""文武衣冠""关山""金鼓""车马""羽书",意象雄俊,大波大澜,放笔而书。"鱼龙寂寞"由勾画江景,收到眼前,扣合夔州,"秋江"倒结"秋"字,"故国"回应"长安","有所思",既总括上文,又切贴"兴"字,并连起以下四篇。作者"所思"为"故国",为"故国"前途和命运,虽以律体吟咏重大时势,而浩气垄涌,收纵自如。诗人深挚的爱国激情,与开阔的笔势一道浑灏流转,悲壮沉雄,忠愤慷慨,不愧传世名篇。宋周紫芝有诗云:"少陵有句皆忧国!"(《乱后并得陶杜二集》)良非溢美。

(原载《爱国诗词鉴赏辞典》,南京大学出版社1992年版;收入本书时略有增补)

风诗心赏

不眠忧战伐

——谈杜甫《阁夜》

岁暮阴阳催短景，天涯霜雪霁寒宵。

五更鼓角声悲壮，三峡星河影动摇。

野哭千家闻战伐，夷歌几处起渔樵。

卧龙跃马终黄土，人事音书漫寂寥。

杜甫（712—770），唐代伟大诗人，字子美。祖籍襄阳（今属湖北），生于河南巩县（今巩义市）。从他的名和字里，就可见他那"奉儒守官"的家庭对他的厚望。

祖父杜审言是武则天时的著名诗人，官膳部员外郎。父亲杜闲，曾任兖州司马、奉天县令。杜甫尝自称少陵野老，又曾官左拾遗、检校工部员外郎，后世多称之为杜少陵、杜拾遗、杜工部等，并推为诗圣。

杜甫经历了唐代由盛而衰的急剧变化，一生坎坷，但却是顽强的。他七岁学诗，十五岁便令洛阳文宿刮目，把他比作班固、扬雄。他"读书破万卷"的学问基础，在二十岁以前就打下了。他一生举进士不第，漫游各地，寓居长安十年，又遇安禄山叛乱，出逃谒见唐肃宗，后弃官漂泊西南，在成都筑起草堂，晚年携家出蜀，不幸病死在由长沙到岳阳途中的一条破船上，终年五十九岁，四十三年后，他的遗骨才由他的孙子杜嗣业归葬巩县。然而，"自吟诗送老"是他毕生创作的写照，"致君尧舜上，再使风俗淳"是他始终怀抱的政治理想，"战血流依旧，军声动至今"是他对祖国和人民最后的哀念。这种深厚的爱国主义精神，洋溢在现存一千四百多首杜诗中，并感召了千百年来的广大读者，至今仍有教育意义。所以，自唐以来，他的诗即被公认为诗史。

公元766年，即唐代宗大历元年春，"漂泊西南天地间"的杜甫，自云安（今重庆云阳县）移居夔州（今重庆奉节县），有半年多的时间住在西阁。西阁（似即杜诗中的草阁、客堂、高斋、江边阁）在瞿塘关上，唐代夔州城内，背山面水，距江很近。江中渔人行旅，峡中景物变化，一览无余。据县志，今关庙沱明人题碑"唐工部子美游寓处"，或言即西阁遗址。《阁夜》一诗，或写于此。

此时已是年底，战乱未已，四川又有汉州刺史崔旰之乱，混战从去年十月起到这年八月才算告一结束，而杜甫的好朋友郑虔、苏源明、李白、严武、高适等都已死去，所以他感到非常孤寂悲哀。加之健康状况越来越差，不仅"牙齿半落左耳聋"，而且肺病、风湿诸病缠身，他写这首诗时的心情，自是非常沉重。

高中语文新教材收入了杜甫七律中情景与时事交融的脍炙人口的名篇《阁夜》。仇兆鳌说："此在阁夜而伤乱也。"所以读景语，当读出时事和情意。

首联点明时间地点，扣题。冬季的白天过得真快，像是被催促着，好在夜里雪停了，似乎可以平平我这个沦落他乡的病老头的心了。"催""霁"相对，动静相衬。霁，写实；催，拟人，写出了诗人对自己的衰老、为客的长久和时局的艰危的万千感慨。所谓"令节成吾老"（《又示两儿》），"干戈衰谢两相催"（《九日》）呀。"岁暮""霜雪"，也不是单纯地写景，还有对时事的认识。"岁暮有严霜"（《壮游》）也是即景寓意，犹云世乱有危机。"岁暮远为客，边隅还用兵"（《岁暮》）更是直言心事了。

颔联写夜中所闻所见之景。景中便有那个战乱时代的影子。你看，鼓角之声，在五更夜尽、峡口上空响起（**仿佛看见**

士兵们行色匆匆的身影），何等悲壮；星河之影，在峡间江面随波动摇，何等苍凉。这确是美景，但一种悲歌慷慨的心情也就在其中。"动摇"，兼写诗人心情，心随影而动摇。鼓角声中，军队又将行动而世事难料，忧国忧民的诗人自然于悲壮之中，心旌摇曳，情思起伏。此联借景抒情，情景交融，音调铿锵，辞采清丽，前人赞之"伟丽"。

颈联写天将晓时所闻。叙事抒情。一闻战伐，千家皆哭，声彻四野。可见死者之多，人民灾难深重。杜甫"恸哭秋原何处村"（《白帝》）也是写村村皆哭的惨事。夔州地方偏僻，民族杂居，渔人樵夫早起劳作，不时传来几声夷歌，使"老病客殊方"的诗人倍感战乱流离，风俗之变。杜甫"穷年忧黎元"，这典型环境中的"野哭""夷歌"，都使他听来伤心，心劳意攘。

尾联怀古自叹。语似颓唐，其实异常愤激。夔州有孔明庙和白帝庙，杜甫诗中多次提及，如"武侯祠堂不可忘"（《夔州歌》），"孔明庙前有老柏"（《古柏行》），又如"公孙初据险，跃马意何长"等。这里翻用其事，不说"诸葛大名垂宇宙"，而说"终黄土"，成了黄土中的枯骨，正如他的《写怀》诗所说，"万古一骸骨"，人生自古无论贵贱富贫，都难逃一死，没有例外。人事音书，应分别看。用杜甫自己的话来说，"朝廷记忆疏"（《酬韦韶州见寄》）、"亲朋无一字"（《登岳阳楼》）便是这两方面的寂寥。从朝廷到朋友，似乎都忘了我，我哪能不伤心？"寂寞壮心惊"（《岁暮》），"向来忧国泪，寂寞洒衣巾"（《谒先主庙》）。但转而一想，就是做得孔明、公孙这样英雄一世的人物，也还是一死，况且，现实生活中，不只是"乱离朋友尽，合沓岁月徂"（《遣怀》），而且是"天地日流血"（《岁暮》），广大的人民天天在死，不死于战伐，就死于诛求。这样想来，我个人这点孤独寂寞又算得什么呢，随它去吧。这话看似自遣，实则痛苦无奈。对于"古来材大难为用"，他是不甘心的，"不眠忧战伐，无力正乾坤"（《宿江边阁》）便是他伟大人格的真实写照。

"以时事入诗"，即使写景抒情，也随时随地想到他所处的干戈扰攘、国困民疲的时代，是杜诗最显著的特点。杜甫擅长各种诗体，尤以古体和律诗见长。风格多样，而以沉郁为主。这首诗八句皆对，情景交融，气象雄阔，俯仰古今。《杜诗言志》说："读此诗令人增长气魄，开拓胸襟，非直为咏歌而已也。"

（原载《语文快餐》2003年第3期；《古诗文导读》，大象出版社2001年版）

关于杜甫诗《漫成一首》

——兼谈1999年全国高考语文古典诗歌赏析题的失误

江月去人只数尺，

风灯照夜欲三更。

沙头宿鹭联拳静，

船尾跳鱼拨剌鸣。

公元766年，也就是唐代宗大历元年的春天，"漂泊西南天地间"的大诗人杜甫，在垂暮之年，又乘船自云安（今重庆市云阳县）再到夔州（今重庆市奉节县）。由于这时他的衣食尚可保，心情也还好，因而途中夜泊，情随景生，信手写就这首清新可人的小诗。

对于这首七绝，专家们在前人注杜基础上的赏析，却有着不尽相同的看法。这主要在诗的二、三两句。兹举三例，以作说明。

《唐诗鉴赏辞典》载周啸天教授文说："第二句写舟中樯竿上挂着照夜的灯，在月下灯光显得冲淡而柔和，桅灯当有纸罩避风，故曰风灯，其实江间并没有风，否则江水不会那样宁静，月影也不会那样清晰可接了。"又说："夜宿的白鹭屈曲着身子，三五成群团聚在沙滩上，它们睡得那样安恬，与环境极为和谐；同时又表现出宁静的景物中有生命的呼吸。"（着重号系引者所加。）

新诗人徐放先生在其力作《杜甫诗今译》里，以新诗明洁优美的语言，是这样今译这两句的：

　　摇晃在风里的灯／照着这夜晚／天哪，就要三更／——在那些沙洲边头／鹭鸶鸟儿正蜷缩着脖颈／——一个挨着一个——睡得安安静静

陈贻焮教授在其百万巨帙《杜甫评传》下卷也对"风灯"和"联拳"这两句做了精彩赏析，行文通脱有趣："风灯晃荡，夜已三更；沙洲静悄悄的，鹭鸶们蜷缩着一只脚并排站在那儿打盹……"

倘略作比较，不难发现，专家们对"联拳"一语的解说是

相同的，也持之有据。宋人赵次公曰："盖联拳者，相并相续之貌。"

不过，显而易见的是，对于"风灯"的解释就截然不同了，但也都并非游谈无根。仇氏云："风灯，谓风樯挂灯。"《中文大辞典》说是："灯之有罩不致被风吹灭者。"即其例。所以，周说"樯竿上挂着照夜的灯"，"桅灯当有纸罩避风"云云，并无不妥。值得注意的，倒是浦起龙《读杜心解》卷六、杨伦《杜诗镜铨》卷三十二都把"风灯"解作"灯飐风"。所谓"飐"，就是说风吹物体使颤动。由此可见，徐说"摇晃在风里的灯"，陈说"风灯晃荡"，着一"晃"字，确有来历，且意境豁然。那么，何者为是呢？我以为仁智之见，难说是非，在文学鉴赏中从来存在着审美差异性。

然而，1999年全国高考古典诗歌赏析题，虽然颇具慧眼地把杜甫的这首七绝选作鉴赏的材料，但却忽视了文学鉴赏中的审美差异性，不仅选项设计有疏漏，而且答案设置有误，似是而非。

第8小题是要求选出"对这首诗的赏析，不恰当的一项"，答案是C项，然而问题恰恰就出在这里。现将有关的B、C两项照录如下：

　　　　　　　　　　　　　　　　风诗心赏

B. 第三句写白鹭屈曲着身子，恬静地夜宿在月照下的沙滩上，意境安谧、和平。

C. 二、四两句分写了江风吹打桅灯、大鱼跃出水面的"动"，与一、三两句的"静"对比鲜明。

对照上列诸家赏析，B项显然误解"联拳"，即如《中文大辞典》所谓"联拳，长而曲也"。C项的"江风吹打桅灯"，似乎有点张大其实之嫌，却也不出"灯飐风"之义。参见上引浦、杨、徐、陈诸解，该题所谓"赏析不恰当的一项"，应是B而不是C。大概可以说，这是一个不应有的失误，一个不利于倡导学生博览群书，大胆想象的失误。

（原载《齐鲁晚报》副刊1999年10月28日）

堂前扑枣任西邻：充满伟大的人道精神的心曲

——谈杜甫《又呈吴郎》

堂前扑枣任西邻，无食无儿一妇人。

不为困穷宁有此？只缘恐惧转须亲！

即防远客虽多事，便插疏篱却甚真。

已诉征求贫到骨，正思戎马泪盈巾。

《又呈吴郎》是我国伟大的诗人杜甫写的一首七言律诗。律诗有一条最基本的不可动摇的法则，就是只有八句。因此，这首诗也只有五十六个字。但是，在这五十六个字里却包含着丰富的思想内容和高度的艺术成就。

杜甫写这首诗的经过和目的是这样的：公元767年，也就是杜甫漂泊到四川夔府的第二年，他住在瀼西的一所草堂里。草堂前面有几棵枣树，西邻的一个寡妇常来打枣，杜甫从不干涉。后来，杜甫把这草堂让给一位姓吴的亲戚居住，自己搬到离草堂十几里路远的东屯去。不料这姓吴的一来就在堂前插上篱笆，禁止打枣。寡妇知道杜甫是这草堂和枣树的主人，就来诉苦，杜甫因而写了这首诗去劝告吴郎，希望他能和自己一样体贴那个寡妇。在写这首诗以前，杜甫已经写过一首诗给吴郎，题目是《简吴郎司法》，所以这首诗题作《又呈吴郎》。吴郎的年辈要比杜甫小，但是为了使他能比较容易地接受自己的劝告，所以不说"又简吴郎"，而有意地用了一个表示尊敬的"呈"字。这个"呈"字看来好像和对方的身份不大相称，但却是必要的，正是杜甫细心的地方。白居易诗《题新居，呈王尹兼简府中三掾》说："桥凭川守造，树倩府僚栽。"这诗题里的"呈""简"，表明身份。可知杜《又呈吴郎》一题，不用"简"字，确是有微意，非泛泛。清人陈醇儒《书巢杜律注》引许合伯说："诗家有题目看似没要紧，而发词却极关系，极正大者，须就此诗细参。"也注意到这首诗的命题。

杜甫是怎样劝告吴郎的呢？且看原诗的第一句"堂前扑枣任西邻"，开门见山，从自己过去怎样对待邻妇扑枣说起。"扑枣"就是打枣。杜甫另有一句诗"枣熟从人打"，可见"扑"和"打"是一个意思。这里为什么不用"打"而用"扑"呢？这是为了取得声调和情调的一致。杜甫写这首诗的时候，心情是沉重的，所以不用那个猛烈的上声字"打"，而用这个短促的、沉着的入声字"扑"。"任"就是放任，一点不加干涉，爱打多少就打多少。这个"任"字很重要。为什么要这样放任呢？第二句就回答了这个问题："无食无儿一妇人。"原来这西邻竟是这样一个没有吃的、没有儿女、没有丈夫、没有亲戚，一句话，什么也没有的老寡妇。杜甫写这句诗，仿佛是在对吴郎说：朋友！对于这样一个上天无路入地无门的穷苦妇人，你说我们能不任她打点枣儿吗？

诗的第三、四句："不为困穷宁有此？只缘恐惧转须亲！""困穷"，紧接上第二句来；"此"，指扑枣这件事。这两句的意思是：如果不是因为穷得万般无奈，她又哪里会去打别人家的枣子呢？正由于她总是怀着一种恐惧的心情，怕物主辱骂，甚至把她当作盗窃犯，所以我们不但不应该干涉，恰恰相反，而是要表示亲善，表示欢迎，使她安心扑枣。在这里，杜甫对寡妇扑枣的原因做出了正确的合乎情理的解释，说出了穷人心坎里的话。这和他的另一句诗"盗贼本王臣"所表现的"官逼民反"的进步思想正是一致的。陕西有这样两句民歌："唐朝诗圣有杜甫，能知百姓苦中苦。"真是不假。以上四句，一气贯串，可以算是一段，是杜甫自叙以前的事情。目的当然不是为了表彰自己，而是为了启发吴郎，使他认识到插篱笆这种事万万做不得。

诗的第五、第六两句才落到本题上，落到吴郎身上。"即防远客虽多事，便插疏篱却甚真。"这两句要联系起来看，它们并不是彼此孤立，而是上下一气，相互关联，相互依赖，相互补充的。上句的"即"字，当"就"字讲。"防"是提防，心存戒备，所以说防。"防"字的主语是寡妇。"远客"，指吴郎。"多事"，就是多心，或者说过虑。下句"插"字的主语是吴郎。这两句诗串起来讲就是说：那寡妇一见你插篱笆就防着你禁止她打枣，虽未免多心，未免神经过敏，未免"以小人之心，度君子之腹"；但是，你一搬进草堂就忙着插篱笆，却也很像真的要禁止她打枣呢！言外之意是，这不能怪她多心，倒是你自己有点太不体贴人。她本来就是提心吊胆的，你不特别表示亲善，也就够了，为啥还要忙着插上篱笆呢！这两句诗，措辞十分委婉含蓄。这是因为怕话说得太直、太生硬，教训意味太重，伤害了吴郎的自尊心，会引起他的反感，反而不容易接受劝告。

在这里，有必要附带谈一下关于"远客"的解释问题。有的注解说"远客"是指"过路的客人"，"防远客"是防备过路的客人打枣。这样，"防远客"的人也就不是寡妇，而是吴郎了。我以为这是不对的。远客就是远方作客的人，古典诗歌中从来没有把过路的客人叫作远客的。杜甫自己的诗就可以做证，像《虎牙行》："远客中宵泪沾臆。"又《早发》："艰危作远客。"这"远客"就都是指的他自己，而不是泛指什么过路的客人的。而且照"过路的客人"这种解释，"虽多事"的"虽"字就讲不通，因为如果是为了防止过路人打枣，那就不能说是"多事"，而且这样讲，也和下句的"却"字失去了呼应作用，意思无法贯通。

现在，我们接着讲这首诗的最后两句："已诉征求贫到骨，正思戎马泪盈巾。"这两句是全诗的结穴，也是全诗的顶点。表面上是个对偶句，但不要看作平列的句子，因为上下句之间是一个发展的过程，由小到大，由近及远。上句，杜甫借寡妇的诉苦，进一步指出了寡妇的、同时也就是广大人民的困穷的社会根源。这就是官吏们的剥削，也就是所谓"征求"。这剥削的残酷，竟达到这样的程度，使她穷到只剩下几根骨头。这也就为寡妇的扑枣做了进一步的洗雪。杜甫仿佛在对吴郎说：朋友！如果要追究扑枣的责任的话，那也要由贪官污吏们来承担，寡妇本人是没有罪的。下句，说得更远、更大、更深刻。杜甫更进一步地指出了使人民陷于水深火热之中的又一社会根源。这就是自从安史之乱以来，持续了十多年的战乱，也就是所谓"戎马"。由一个穷苦的寡妇，由一件扑枣的小事，杜甫竟联想到整个国家大局，以至于流泪。这一方面固然是他那热爱祖国、热爱人民的思想感情的自然流露；另一方面也是为了点醒吴郎、开导吴郎的应有的文章。让他知道：在这兵荒马乱的情况下，苦难的人还有的是，绝不止寡妇一个；什么事都可能发生，也绝不只是扑枣；战乱的局面不改变，就连我们自己的生活也不见得有保障，我们现在不正是因为战乱而同在远方作客，而你还住着我的草堂吗？一个自私自利的人，总是鼠目寸光的，如果能叫他站得高一点，看得远一点，想得开一点，他自然就不会在几颗枣子上斤斤计较。这样看来，最后一句诗，好像扯得太远，好像和劝阻吴郎插篱笆的主题无关，其实是大有关系，大有作用的！我们正是要在这种地方看出诗人的"苦用心"和他对待人民的态度。

《又呈吴郎》这首诗的人民性是强烈而鲜明的，在通常用来歌功颂德的律诗中，这首诗更值得我们重视，但这一点可以不多说。这里要做补充说明的是艺术表现方面的一些特点。首先是，作者采取了摆事实、讲道理的手法，用自己的实际行动来启发对方，用颠扑不破的道理来点醒对方，最后还用自己的眼泪来感化对方，现身说法，尽可能地避免抽象的说教。其次是，运用散文中常用的虚字来作转接。像"不为""只缘""已诉""正思"以及"即""便""虽""却"这些字就是。我们说过，这是一首律诗，律诗有不少清规戒律，比如中间四句就必须作成对偶，很容易流于呆板。现在因为运用了这些虚字，所以能化呆板为活泼，使这首诗既有律诗的形式美、音乐美，又有散文的灵活性，抑扬顿挫，耐人寻味。此外，措辞的委婉，也值得我们注意。杜甫是草堂的主人，让不让寡妇打枣，原可以做得一分主，但是杜甫却竭力避免以主人自居，只当吴郎是这枣树的主人，而自己则不过是替寡妇说说人情，这就更能感动对方了。

（中央人民广播电台《阅读与欣赏》1961年广播稿，后收入《杜甫研究》，齐鲁书社1980年版；《萧涤非文选》，山东大学出版社2006年版；《萧涤非杜甫研究全集》，黑龙江教育出版社2006年版）

人生苦旅　苍凉之吟

——谈杜甫《登高》

风急天高猿啸哀，渚清沙白鸟飞回。

无边落木萧萧下，不尽长江滚滚来。

万里悲秋常作客，百年多病独登台。

艰难苦恨繁霜鬓，潦倒新停浊酒杯。

　　这是杜甫最有名的一首七言律诗，写于唐代宗大历二年（767）的秋天，即他晚年流落夔州（今重庆奉节）之时。古代有九月九登高的习俗，此诗即诗人登高有感而作。

　　诗的开首四句，是对登高所见秋景的描绘。夔州本多高山，又值秋月登高，自然有"风急天高"之感。"渚"，是水中小洲，因夔州四周多水，所以登高后见到沙渚，也是很自然的。秋水澄清，故能显出"渚清"和"沙白"。夔州地靠巫峡，巫峡多猿，其鸣甚哀，因此，能在阵阵秋风中听到猿的哀鸣。而江上多鸟，鸟因风急而打旋。首联就这样真实地写出了夔州山和水的具体的秋天景象。颔联二句和首联相对，仍然写山和水的秋景，但和首联不同，它从大处落笔，写得更加传神。因为风急，故叶落萧萧，江流滚滚。读到"落木萧萧下"，自然会想起《楚辞》"嫋嫋兮秋风，洞庭波兮木叶下"（《湘夫人》）的诗句，《山鬼》中又有"风飒飒兮木萧萧"，杜甫融合二者，创造出"无边落木萧萧下，不尽长江滚滚来"，使境界顿然阔开如画，形象更加具体可感。总之，这四句诗，一粗一细，一虚一实，写尽了登高所见秋景，为以下的悲秋做了铺垫。

诗从颈联始转入集中抒情。颈联写得非常凝练。尤其是"常""独"二字，超乎天大地大的悲苦之情，深含其内，尤可玩味。皆非所欲而又无可奈何者。"万里"，是说离家有万里之遥；"作客"，指客居夔州；"百年"犹言一生。又包含非常丰富的内容，构成了悲秋的最重要部分。这短短十四字中便含有八九层可悲的意思：他乡作客，一可悲；经常作客，二可悲；万里作客，三可悲；又当萧瑟的秋天，四可悲；当此重九佳节，没有任何饮酒等乐事，只是去登台，五可悲；亲朋凋谢，孤零零地独自去登，六可悲；身体健旺也还罢了，却又是扶病去登，七可悲；而这病又是经常性的多种多样的，八可悲；光阴可贵，而人生不过百年，如今年过半百（作此诗时杜甫年五十六），只落得这般光景，九可悲。真是包括了无限的感慨！我们非常佩服诗人高度的概括能力。诗的尾联，继续写悲秋，只不过内容更加侧重在眼前。"繁霜鬓"，是说白发日多，因为"艰难苦恨"，自然地白发日多了。"潦倒"是衰颓的意思，因为多病故"潦倒"。特别是时下，诗人因患肺病又戒了酒，连借酒消愁排遣苦闷都不能做到，岂不更可愁可恨！

　　杜甫的这首悲秋诗，不同于文人骚客的无病呻吟，它凝聚着诗人毕生艰难追求而不遇的感喟。虽然仍是一首悲歌，但却是"拔山扛鼎"式的悲歌，它给人的感觉，并不是一味哀伤，而蕴含着悲壮的感情，我们依然能感受到诗人那种阔大的胸怀。在艺术上，前四句写景，景中含情，后四句即景抒怀。语言精练，对仗自然，也都达到登峰造极的地步。不仅句句对，而且末两句使用了当句对法，"艰难"对"苦恨"，"潦倒"对"新停"。难怪胡应麟评《登高》为古今七言律第一。

　　（原载《中国文学名篇鉴赏》，山东大学出版社2007年版；收入本书小有增补）

群英零落　盛会难再
——谈刘禹锡《洛中送韩七中丞之吴兴》

昔年意气结群英，几度朝回一字行。

海北天南零落尽，两人相见洛阳城。

诗题中的"韩七"就是"八司马"之一的韩泰。在这首诗里，刘禹锡回顾了当年革新派那种斗志昂扬的书生意气和由斗争而结成的亲密友谊，上朝退朝总是排成一字形；同时也抒发了对战友们或死或贬的悼念心情。值得注意的是"结群英"三字。韩愈诬蔑革新派为"群小用事"（见《顺宗实录》），而刘禹锡在这里却公然宣称他们是一群英杰，这是对韩愈针锋相对的有力回击。

刘禹锡（772—842），字梦得，彭城（江苏徐州）人，出身于一个中小地主家庭。唐德宗贞元九年（793），与柳宗元同登进士第，又登宏词科和吏部取士科，故每以"三登文科"自负。他曾责备自己"年少气粗"，这其实是他的一个优点。他因参加王叔文政治革新集团遭到失败，贬官外地，差不多做了一辈子"迁客"。他最后一个官职是太子宾客，后人因称他为刘宾客，他的集子也叫《刘宾客集》。

刘禹锡所处的时代，是唐王朝正走下坡路的一个矛盾重重的混乱时代。当时安史之乱虽已平定，但国家并未统一，出现了藩镇割据的局面。统治阶级内部争权夺利，相互倾轧。尤其严重的是，由于"聚敛之臣，剥下媚上，惟思竭泽，不虑无鱼"（《旧唐书·李渤传》），农民和地主之间的阶级斗争也日益激化。此外还有民族矛盾。面对这种种矛盾，"烦言饰词而无实用"（《商君书·农战》）的说教是完全无能为力的。因此，当时地主阶级中一些有革新要求的知识分子"口里虽谈周孔文，怀中不舍孙吴略"（李渤《喜弟淑再至为长歌》），刘禹锡便是其中之一。随着社会矛盾的激化，更发展成为一种风气，形成一股政治力量，因而地主阶级内部出现了以王叔文为首的政治革新集团。

唐贞元二十一年，亦即永贞元年（805）正月，顺宗即位，王叔文当政。他首先便在朝廷内提拔一批具有革新思想"出身卑微"的青年知识分子如柳宗元、刘禹锡、韩泰等十数人，并"定为死交"，立即展开了与以宦官俱文珍为首的守旧势力的斗争。在不到半年的时间内，他们大刀阔斧、雷厉风行地采取了一系列革新措施，如打击地方割据势力，夺取宦官兵权，取消民间的一切旧欠，削减盐价，停止进奉，放出宫女，禁止宫市和五坊小儿，选用中下层出身的人才等，都切中时弊。其中某些措施，保守派也不能不承认"人情大悦""欢呼大喜"（《顺宗实录》）。刘禹锡和柳宗元都积极参加了这一革新运动，《旧唐书·刘禹锡传》说："人不敢指其名，号二王（王叔文、王伾）刘柳。"这恰好证明了他们所起的积极作用。

但是不久，在宦官、藩镇、贵族和大官僚的联合反扑下，革新运动失败了。结果，王叔文被贬斥，明年"赐死"，刘禹锡贬朗州司马，柳宗元贬永州司马，还有六人都贬为边远州郡司马。这就是所谓"八司马事件"。元和元年（806）唐宪宗还下诏："柳宗元、刘禹锡……等八人，纵逢恩赦，不在量移（酌量移近内地）之限。"这就等于终身禁锢。

在这场斗争中，韩愈是站在大宦官俱文珍守旧派一边的。他在《永贞行》中曾以惋惜的口吻说："数君（指刘、柳诸人）匪亲岂其朋？"想把刘、柳从王叔文集团中开脱出来，其实这是多余的。柳宗元从来就没有掩饰过他和王的关系，刘禹

　　　　　　　　　　　風诗心赏

锡也是一样：他自贬官后直到他死去，始终不曾背离革新派所推行的政治主张。对于革新事业以及革新失败后战友们的遭遇，他是念念不忘的。

1975年

兴废由人事　山川空地形
——谈刘禹锡《金陵怀古》

潮满冶城渚，日斜征虏亭。

蔡洲新草绿，幕府旧烟青。

兴废由人事，山川空地形！

后庭花一曲，幽怨不堪听。

这是敬宗宝历二年（826），亦即刘禹锡被贬后的二十一年，他路过金陵（今江苏南京）时作的。从吴孙权起中经东晋、宋、齐、梁、陈共六个朝代都建都金陵。这里古迹很多，像诗中提到的"冶城""征虏亭"。山川形势也很好，如"蔡洲"、"幕府"（山名）。但是，为什么三百年来（不算西晋）竟然走马灯似的换了五个朝代？"兴废由人事，山川空地形！"这就是他关于这一段历史经验的总结，也就是这首诗的主题思想。山川当然是地形，为什么要用一"空"字？原来，自秦时起就有一种迷信传说："金陵有天子气。"这天子气也就是后来说的"王气"。唐人诗"东南王气秣陵多"，秣陵亦即金陵。然而，正是这个有"天子气"的金陵，却亡国败君相续，所以他下了一个"空"字。由古及今，如果联系现代中国"人民解放军占领南京"的史实，则更见得事在人为，"王气""地形"并帮不了他们的忙。这两句诗和刘禹锡在《天论》中阐明的"天人相分""人定胜天"的思想是一致的。诗末二句，举南朝最后一个亡国之君陈后主（陈叔宝）来证明自己的结论。《玉树后庭花》是陈后主作的艳曲之一。

尊天命与反天命的斗争，也表现在对国家的治乱兴亡的不同看法上：是治乱由人，还是治乱由天？孟子就是拼命鼓吹治乱由天的。对于这种唯心主义宿命论的"治乱观"，荀子在《天论》中已做了批判。他一连提出了这样三个反问："治乱，天耶？""时耶？""地耶？"根据事实，一一加以驳斥。

刘禹锡坚持了荀子的唯物主义观点，他用精练的语言把他的观点概括进这诗里。

1975年

反"天命"的宣言

——谈刘禹锡《西塞山怀古》

王濬楼船下益州，金陵王气黯然收。

千寻铁锁沉江底，一片降幡出石头。

人世几回伤往事，山形依旧枕寒流。

今逢四海为家日，故垒萧萧芦荻秋。

西塞山在今湖北省黄石市东，土名半壁山，悬崖峭壁上，刻有"铁锁沉江"四大字，是沿江的一个要塞。晋武帝伐吴，派王濬率领舟师由四川顺流而下，吴主孙皓用铁索横江，逆拒舟舰，结果还是失败投降。吴亡后，东晋、宋、齐、梁、陈都是在这个有"王气"的金陵亡了国，所以说"几回"。然而亡者自亡，伤者自伤，无情的江山是不管你这些的。

唐代统治者，特别是自唐玄宗以后，都是迷信神鬼，唐德宗就是一个。他听信术士桑道茂的话，说"奉天（今陕西乾县）有天子气，宜高大其城，以备非常（变乱）"。于是他就派了大批壮丁、军士筑城（见《资治通鉴》卷二二六）。他还听信卢杞的谗言，说曲江这地方有"王气"，而杨炎（时为宰相）却在曲江建立家庙，是"有异志"，于是就把杨炎缢杀（同上书卷二二七）。由此看来，刘禹锡的反"王气"，不仅有其哲学上的意义，而且有其现实的政治意义。他并不是在那里"发思古之幽情"，为怀古而怀古。这正是他那"怒人言命，笑人言天"的唯物主义思想在诗歌上的表现。

在刘禹锡的斗争中，表现得最为突出的是反对儒家的天命论。在这方面，《天论》三篇是他的代表作。他继承了荀子《天论》中的"天人相分"和"人定胜天"的光辉思想，对孔孟之徒鼓吹的"知天命""畏天命""死生有命""听天由命"等思想进行了有力的批判。他还把人之所以能战胜天和法治联系起来，说"人能胜乎天者，法也"。他对"天命"的痛恨竟达到这样的程度："怒人言命，笑人言天！"（《祭虢州杨庶子文》）对谈天说命的人竟然采取这种嬉笑怒骂的态度，是很少见的，也是很有勇气的。这种富有战斗性的语言，在今天，我们读起来也仍然觉得很有生气。

历代反动统治者为了麻痹人民的反抗意志，总是大力鼓吹天命论。唐王朝就是这样。所以，当时即使是有名的诗人也在不同程度上做了天命论的俘虏。有意识地、经常地鼓吹天命论的还是韩愈。他不信佛，却十分相信这个土生土长、由儒家倡导的"天命"。在他的诗文中散播了形形色色的迷信思想，说什么"天命不吾欺""人生由命非由他"，还专门写了《原鬼》。他甚至胡说凡是写历史的人"不有人祸，则有天刑"。他把农民生产的粮食也认为是老天爷赐给皇帝的："天赐皇帝，多麦与黍。"他还向柳宗元挑起一场关于"天"的论战，遭到柳的驳斥（见《天说》）。刘禹锡的《天论》就是支持柳宗元的。由此看来，刘禹锡的"怒人言命，笑人言天"，也是有其针对性的。

　　天命论是历代反动统治阶级奴役中国人民的精神镣铐，它的毒素几乎渗入到一切方面。毛泽东同志在批判封建社会的反动势力时指出："这四种权力——政权、族权、神权、夫权，代表了全部封建宗法的思想和制度，是束缚中国人民特别是农民的四条极大的绳索。"神权一条固不用说，其他三条绳索的编织也都有天命论这一份。

1975年

国家统一的赞歌

——谈刘禹锡《平蔡州》（其二）

汝南晨鸡喔喔鸣，城头鼓角声和平。

路旁老人忆旧事，相与感激皆涕零。

老人收泣前致词："官军入城人不知。

忽惊元和十二载，重见天宝承平时！"

作为一个进步诗人，刘禹锡的诗歌的一个突出特点，是紧紧服务于他所参加的革新斗争，并洋溢着不屈不挠的斗争精神。

坚持统一，反对分裂，这是刘禹锡一贯的政治主张。刘禹锡在革新运动失败后，并没有因为失败而丧失信心，他继续用诗歌作为斗争的武器，歌咏国家的统一，鞭挞藩镇割据。

在这方面，《平蔡州》三首是他的代表作。蔡州（今河南**汝南县**）是当时淮西节度使盘踞的一个巢穴。唐宪宗元和十二年（817）十月，李愬雪夜袭取蔡州，生擒吴元济，消灭了这个独立王国。这三首诗就是写的这件大事，同时反映了广大人民向往国家统一的愿望。如第二首。

史言李愬率兵至蔡州城下，"无一人知者"，进城后，"城中皆不之觉"。诗中老人听到平定蔡州消息时兴奋得掉泪，这心情是可以理解的。老人曾经见过天宝年间国家统一的局面，所以说"重见"。值得注意的是，刘禹锡像史家纪事那样把"元和十二载"明确地写进诗中。据他自己说，是为了"以见平蔡之年"（见《唐诗纪事》卷三十九）。为什么要特别标出平蔡州之年呢？很明显，就是因为他把削平这一地方割据势力看成是有关国家统一的头等大事，因而大书特书。这不是一个写法问题，而是一个政治态度问题。蔡州虽已平定，但河北一带的地方割据势力还有待于继续肃清，所以诗的第三首最后说："策勋礼毕天下泰，猛士按剑看常山。"这按剑的"猛士"，也是作者自身的形象，充分表现了他坚持统一、反对分裂的思想。

元和十四年（819），唐王朝又削平了割据六十年之久的淄青镇。继《平蔡州》三首之后，刘禹锡又写了两首《平齐行》。淄青镇在今山东省，是周代齐国的地方，所以用"平齐"为题。诗中也通过对黄河、泰山的描写来表现国家统一的

194　　　　　　　　　　　　　　　　　　　　　　风诗心赏

气氛和自己的喜悦心情："妖氛扫尽河水清，日观杲杲卿云见。"并希望能够出现一个"耕夫满野行人歌"的新景象。此外，他还写了《卧病闻常山旋师》《城西行》《寄唐州杨八》等诗，都是为他的维护国家统一的政治理想服务的。但是，由于当时唐宪宗推行的根本不是"法治"路线，因而也不可能消灭地方割据势力，一度出现的所谓"中兴"，只不过是一个假象。不久，藩镇势力又抬头，刘禹锡所向往的"天宝承平时"，也落空了。

1975年

玄都观里桃千树　前度刘郎今又来

——谈刘禹锡咏玄都观二绝

紫陌红尘拂面来，无人不道看花回。

玄都观里桃千树，尽是刘郎去后栽！

（《元和十年自朗州召至京，戏赠看花诸君子》）

百亩庭中半是苔，桃花净尽菜花开。

种桃道士归何处？前度刘郎今又来。

（《再游玄都观》）

这两首咏玄都观桃花的七绝，最足以表现刘禹锡那种不屈不挠的斗争精神的。

元和十年（815）二月，刘禹锡和十年前同时被贬的柳宗元、韩泰、韩晔、陈谏，又同时被召回到长安，第一首《元和十年自朗州召至京，戏赠看花诸君子》，"诸君子"就是指的这些老战友。刘禹锡回到一别十年的长安，看到满朝新贵全是那些保守派，当权的宰相又是当初革新派的政敌武元衡，而他们曾一度改革的弊政还依然存在，他不胜愤慨，于是便以游玄都观看花为题，写下了这首政治讽刺诗。他把道士观影射朝廷，把只供赏玩的千树桃花影射那班虚有其表、并无真才实学的官僚集团，把栽桃道士影射"任人唯私"的权相。由于矛头指向了整个朝廷，整个保守派，因此当这首小诗一传开时，就有人说他"讥刺执政"。刘禹锡等五人就又同时被贬为远州刺史（刘贬连州，柳贬柳州）。从这一事件，我们可以看出刘禹锡坚持革新的政治立场，他没有妥协。在赴连州时，刘禹锡是和柳宗元同路，走到衡阳要分手时，有诗互相赠别。柳在《衡阳与梦得分路赠别》诗中说："直以慵疏招物议，休将文字占时名！"鉴于这次"诗祸"，似有规劝刘禹锡不要再写这类"语涉讥讽"的诗之意。但刘禹锡似乎没有完全接受他这位老战友的规劝，十四年后，他回到长安，在同一地点，用同一主题，又写了一首语言更泼辣、态度更倔强的诗，这就是《再游玄都观》。

《再游玄都观》有一段前言："余贞元二十一年为屯田员外郎时，此观未有花。是岁出牧连州，寻贬朗州司马。居十年，召至京师。人人皆言，有道士手植仙桃，满观如红霞，遂有前篇，以志一时之事。旋又出牧。今十有四年，复为主客郎中，重游玄都观，荡然无复一树，唯兔葵燕麦（**野生植物**），动摇于春风耳。因再题二十八字，以俟后游。时大和二年三月。"

这十四年中，刘禹锡由连州刺史徙夔州刺史，又徙和州刺史。大和元年（827）才回到洛阳，做主客郎中。他这次就是以主客郎中的身份到长安的。这时，柳宗元和程异死了，韩泰他们还在外地，他一人回到长安，又恰逢春天，自然会想起那个给他自己和朋友构成灾难的肇事地点和媒介物——玄都观的桃花，所以便独自去再游了。可贵的是，面对着这荒凉的景色，他没有消沉伤感，而是以一个胜利者的姿态出现，再一次对培植保守腐朽势力的权相们给以无情的嘲笑。这时武元衡已死，这首诗中的"种桃道士"很可能就是暗指武元衡。"归何处"？见上帝去了。这里面确实没有一点儒家宣扬的"温柔敦厚"的气味。所以，《旧唐书》说刘禹锡作《再游玄都观》诗"人嘉其才而薄其行"；《新唐书》也说"闻者益薄其行"，都把刘禹锡看成是"轻薄小人"。从今天看来，这正是进步诗人刘禹锡的一个优点。矢志不渝，"热烈地主张着所是，热烈地攻击着所非"（**鲁迅语**）。

刘禹锡的诗，在体裁上也是多样化的，除当时流行的各种诗体外，还有六言体，一字至七字体。但他不用已经过时的四言体和骚体。他还是最早的"填词"人之一，如《和乐天春词依〈忆江南〉曲拍为句》，所谓"依曲拍为句"就是填词，《忆江南》是当时民间歌曲。在这方面，刘禹锡同样体现了创造革新精神。

1975年

芳林新叶催陈叶　流水前波让后波

——谈刘禹锡《乐天见示伤微之、敦诗、晦叔三君子，皆有
　深分，因成是诗以寄》

吟君叹逝双绝句，使我伤怀奏短歌。

世上空惊故人少，集中唯觉祭文多。

芳林新叶催陈叶，流水前波让后波。

万古到今同此恨，闻琴泪尽欲如何？

诗的题目：微之是元稹，敦诗是崔群，晦叔是崔玄亮。原
来，白居易为悼念这三个亡友写了两首五言绝句寄给刘禹锡。
刘同元稹三人并非深交，却触动了他悼念柳宗元、王叔文等战
友的心事，同时为了宽慰白居易，因而写了这首诗。白的悼
友出于私人交谊，刘则更有其政治上的原因。"世上空惊故
人少"，同"甘陵旧党凋零尽"正是一个意思。诗的末句是

安慰白居易的，因为白诗有"秋风满衫泪，泉下故人多"之句。"闻琴"是综合使用战国时孟尝君听雍门周鼓琴而下泪，和晋时向秀因闻笛而怀念亡友嵇康这样两个故事。嵇康是一个敢于"非汤武而薄周孔"的好汉，也善弹琴，临刑前还索琴弹了一曲——他的绝作《广陵散》。我们知道，王叔文也是被杀死的，与嵇康正相似。前人评刘禹锡"巧于用事"，倒是符合实际的。但他并不是故意卖弄技巧，而是有不得已的苦衷。

值得注意的是刘禹锡对死生问题的看法。他不把死生归之于天命，而是理解为一种普遍存在的自然规律，并通过对自然界景物的描写形象地揭示出这一规律。这就是"芳林新叶催陈叶，流水前波让后波"两句的含义。毛泽东主席指出："我们常常说'新陈代谢'这句话。新陈代谢是宇宙间普遍的永远不可抵抗的规律。"刘禹锡通过他深入细致的观察对这一规律是有所认识的。尽管他这种辩证法的宇宙观带有朴素的性质，但在那个历史时期还是极可宝贵的。由于刘禹锡把死生看成是一种客观规律，这就使得他这首悼友诗摆脱了通常难以摆脱的伤感气氛。

作为一个在政治上的革新派，作为一个在哲学上具有朴素的唯物主义和朴素的辩证法观点的思想家，刘禹锡的诗歌，在思想内容、创作态度、表现方法诸方面都具有新的精神、意境和特点，与消极颓废、叹老悲秋的没落情调，是大异其趣的。

刘禹锡有这样几句关于论诗的话："片言可以明百意，坐驰可以役万景，工于诗者能之。"（《董氏武陵集序》）这大概就是他自己的写作经验之谈。事实上，他的诗确有不少警句为当时和后代所传诵（当然，其中有的是挨了骂的）。

刘禹锡这种朴素的辩证法思想也是从荀子、韩非诸人那里继承来的。从诗歌的角度来说，像曹操的《龟虽寿》："神龟虽寿，犹有竟时；腾蛇乘雾，终为土灰。"又《精列》篇："厥初生造化之陶物，莫不有终期。"这类诗句，便是他的前奏。但应该说，刘禹锡在思想深度和表现手法上都超过了他的前辈。这和他利用当时已经十分成熟了的律诗作为表现工具也有关，语言既工整，又平易自然。

寓哲理于景物之中，或者说借景物以表明哲理，可以说是刘诗的一个特点。比如："人于红药惟看色，莺到垂杨不惜声"（《和仆射牛相公春日闲坐见怀》），"桃红李白皆夸好，须得垂杨相发挥"（《杨柳枝词》），便都含有朴素的辩证法思想，表明事物之间的相互联系，相互作用。像这类具有新的意境的诗，没有进步的世界观做基础是写不出来的。

1975年

沉舟侧畔千帆过　病树前头万木春

——谈刘禹锡《酬乐天扬州初逢，席上见赠》

巴山楚水凄凉地，二十三年弃置身。

怀旧空吟闻笛赋，到乡翻似烂柯人。

沉舟侧畔千帆过，病树前头万木春。

今日听君歌一曲，暂凭樽酒长精神。

刘禹锡的名句"沉舟侧畔千帆过，病树前头万木春"，曾叫白居易佩服得赞不绝口，叹为"神妙，在在处处，应有灵物护之"。"神妙"在哪里？他的话说得很抽象，得做具体分析。

刘的诗是答白居易的。为便于做比较全面的理解，现将原作抄在下面。

白居易《醉赠刘二十八使君》：

为我引杯添酒饮，与君把箸击盘歌。

诗称国手徒为尔，命压人头不奈何。

举眼风光长寂寞，满朝官职独蹉跎！

亦知合被才名折，二十三年折太多。

刘禹锡《酬乐天扬州初逢，席上见赠》是敬宗宝历二年（826）他任和州刺史时写的。从永贞元年（805）贬官到这年正是二十三个年头。刘最初贬朗州司马，后贬连州刺史，皆在楚地（湖南）；后又徙夔州刺史，地在巴蜀（四川），都是边远州郡，故有第一句。二十三年被排斥在外作"迁客"，所以说"弃置身"。第三句用晋向秀经过山阳，闻邻人吹笛，想起亡友嵇康，便写了一篇《思旧赋》，这里改用"闻笛赋"，是为了和下句"烂柯人"取得对仗上的工整（**律诗讲究这一点**）。句意是说，在这二十三年里，朋友差不多都死了，只能写些怀旧诗，然而死者不可复生，所以说"空吟"。第四句用晋王质事。质上山打柴，看两个孩子下棋，一局棋终，他的斧柄已烂，回到乡里，已过百年。句意是说，能回家乡，自是好事，但亲人都死了，所以说"翻似烂柯人"。

白居易赠诗有"满朝官职独蹉跎""二十三年折太多"，意在为刘抱不平，深表同情。但是，作为一个富有斗争性的诗人，是不会默默承受这种充满无可奈何情绪的廉价的慰藉的。到底是谁，到底又是为什么使自己落到这步田地的呢？刘禹锡心里自然清楚，那就是他痛恨的"以守旧弊为奉法"的保守派。但是，在这种公开场合下，面对并非深交的诗友，他能够直说吗？他能够反唇直刺虽然思想境界不一致却又不无善意的安慰者吗？不能直说，但又不能默然接受。于是，他巧妙地顺从着白的诗意，吟出了"沉舟侧畔千帆过，病树前头万木春"两句。乍一听来，他似以一种达观的态度，用客观世界的新陈代谢的规律，来说明个人的"蹉跎"是不足介意的。然而，这种达观的深处却显示着刘禹锡一贯的积极乐观的战斗精神。表面上，"沉舟""病树"，是自喻，并且比喻得很像。不是吗？这条船，一沉就是二十三年，这棵树，也一病就是二十三年，而且是不该病者偏病，不该沉者偏沉。所以在这一看来好像很消极低沉的自喻的背后，正蕴含着强烈的愤世嫉俗的激情，并不是自甘消沉。所不同于"尽是刘郎去后栽""前度刘郎今又来"的，是这两句诗说得"婉而多讽"，不像前者那样锋芒毕露。这也就是白居易在挽刘禹锡的诗中所说的"文章微婉"了。刘禹锡在诗的末尾说"暂凭樽酒长精神"，也是一种委婉的托词，意思是说，如果我的诗有何开罪于诸公之处，那就请原谅我的酒后狂言。陶渊明所谓"但恨多谬误，君当恕醉人"也。

（以上七篇谈刘禹锡诗的文字，均据萧涤非先生《诗人刘禹锡》原文改编。原文载《文史哲》1975年第1期。1982年12月先生修改后，收入《乐府诗词论薮》，齐鲁书社1985年版）

国破家亡的凄凉景色
——谈李后主《破阵子》（四十年来家国）

四十年来家国，三千里地山河。凤阙龙楼连霄汉，玉树琼枝作烟萝。几曾识干戈？　　一旦归为臣虏，沈腰潘鬓消磨。最是仓皇辞庙日，教坊犹奏别离歌。挥泪对宫娥。

这是李后主去唐归宋时作的一首《破阵子》，真可谓"泪痕血点，凝缀而成"。

《分甘余话》载钱牧斋尝以千二百金购宋椠前后《汉书》，后复售于他人。自跋云："此书去我之日，殊难为怀，李后主去国听教坊杂曲挥泪对宫娥一段凄凉景色，约略相似。"跋语指的便是这首《破阵子》，也就足见它感人之深了。

关于后主的《破阵子》，自宋以来，批评讨论的话很多，我们可以分为两个问题来说：一是欣赏问题。最早批评这首词的是苏东坡。《志林》说："后主既为樊若水所卖，举国与人，故当恸哭于九庙之外，谢其民而后行，顾乃挥泪宫娥，听教坊离曲?！"东坡所批评指斥的虽在后主为人方面，似与词之本身无涉，然间接实有损于词之内美，所以后人便纷纷为后主辩护，有的说："挥泪听歌，特词人偶然语。且据煜词，挥泪本为哭庙，而离歌乃伶人见煜辞庙而自奏。"（《南唐拾遗记》）这看法便和东坡恰相反。有的虽然承认东坡的批评，但从人情一方面为后主开脱。说不独后主为然，安禄之乱，明皇迁幸："当是时渔阳鼙鼓，惊破霓裳，天子下殿走矣，犹恋恋于梨园一曲，何异挥泪对宫娥乎？"（尤侗《西堂全集》）有的站在文学立场认为这点不独不足责，且为本色当行语，如"两般秋雨安晴笔"，"若以填词之法绳后主，则此泪对宫娥挥为有情，对宗社挥为乏味，此与宋蓉塘讥白香山诗谓忆妓多于忆民，同一腐论"。

我以为后主此泪，宗庙之大痛和宫娥之私爱两方面的成分都有，凡是认定为对宗庙挥或对宫娥挥的，都未免近乎武断不近人情。我们不必设身处地，只要统观全词和玩味"最是"二字便不难知道。国破家亡，楼空人去，种种感伤，实都包含于此一泪之中，不能分析。

一是真伪问题，最早怀疑这首词的是宋人的《瓮牖闲评》："苏东坡以为后主失国当恸哭于庙门之外，谢其民而后行，乃对宫娥听乐，形于词句。余谓此绝非后主词也，特后人附会为之耳。观彬下江南时，后主预令宫中积薪，誓言若社稷失守，当携血肉以赴火，其属志如此。后虽不免归朝，然当是时，更有甚教坊？何对宫娥也？"《瓮牖闲评》似亦欲为后主回护，故根本否认为后主词，以摆脱东坡之讥弹。其谓绝非后主作，并无确证。按曹景建《金陵乐宫山诗》序云："南唐初下，诸将置酒高会，乐人大恸。杀之，聚瘗此山，因得名。"又安见其时便无教坊呢？

近人任二北、戴景素亦以为非后主作，其论据约有四点：（1）旁观口气不真切；（2）"凤阙"二句粗鲁；（3）《东坡志林》是伪书；（4）《破阵子》起源不可考。据此词失口而出，一字一泪，绝无丝毫旁观口气。至谓"凤阙"二句粗鲁，此适足以证明其为后主作，盖后主词本如生马驹不可控捉，粗服乱头，乃其本色。且此何时？此何地？犹斤斤计较于文字之修饰哉？《东坡志林》一书，虽有问题，然此条则绝对可信。以《容斋随笔》亦曾引东坡此语，而容斋为南宋初年学者，去东坡未远，当必有据。至《破阵子》一调，"云谣集杂曲子"。在后主之前，尤不足据以证明此词非后主作。

（原载《新生报》副刊"语言与文学"1946年11月25日第6期；后收入张国风编《清华学者论文学》，清华大学出版社2001年版；《萧涤非文选》，山东大学出版社2006年版）

推翻历史三千载　自铸雄奇瑰丽词

——学习毛主席《贺新郎·读史》

　　人猿相揖别。只几个石头磨过，小儿时节。铜铁炉中翻火焰，为问何时猜得。不过几千寒热。人世难逢开口笑，上疆场彼此弯弓月。流遍了，郊原血。　　一篇读罢头飞雪。但记得斑斑点点，几行陈迹。五帝三皇神圣事，骗了无涯过客。有多少风流人物？盗跖庄𫏋流誉后，更陈王奋起挥黄钺。歌未竟，东方白。

　　这首词写于1964年春，最早发表于1978年第9期《红旗》。1978年发表时所署写作时间，是根据原在毛泽东同志身边做医护工作并帮他保存诗稿的同志的回忆。

　　《贺新郎·读史》这首词，正如题目所标明的，是以历史为题材的。当然，毛主席不是为读史而读史，而是为了"古为今用"，为了教育今人。据个人浅见，这首词的中心思想，它的一以贯之的主线就是阶级斗争观点。毛主席说："阶级斗争，一些阶级胜利了，一些阶级消灭了。这就是历史，这就是几千年的文明史。拿这个观点解释历史的就叫作历史的唯物主义，站在这个观点反面的是历史的唯心主义。"（《丢掉幻想，准备斗争》）这首词就是这番话生动、形象的写照。

阶级斗争是复杂的，有流血的武装斗争，也有不流血的思想斗争。回顾1964年国际国内斗争的尖锐形势，《读史》一词的写作时代背景是很清楚的，不是无所为而发。这些斗争虽已成为陈迹，但在作者看来，阶级斗争并未停息。重新温习阶级斗争的历史，便是这首词的创作初衷。

毛主席诗词一个最突出的艺术特点，是概括性强。这一特点，在《读史》上表现尤为突出。仅用一百一十五个字，便囊括了、咏叹了以中国历史为主体的整个人类社会的历史。从人类诞生到归宿，从原始社会到社会主义社会，跨度长达几百万年。真是"大笔如椽""笔能扛鼎"。

现在，就从词的上阕说起。

"人猿相揖别。只几个石头磨过，小儿时节。"这三句是写人类起源和人类历史最初出现的原始社会。世界上原没有什么人类，是劳动创造了人的双手，从而也就创造了人类本身，

风诗心赏

由类人猿进化为类猿人、猿人、原始人。"人猿相揖别"，便是从猿到人的一种形象化说法。揖别就是拜别，表示珍重。虽不必实有其事，但写得合情合理，恰到好处，不能用其他什么"别"来替代。这首句五个字，飘然而来，用以写人类的从无到有，风调尤觉十分相称，应是诗人的得意之笔。"几个石头磨过"，喻指石器时代。"石器"原是考古学名词，毛主席把它还原为自然形态的"石头"，这就冲破了这一专门名词对创作所带有的局限，大大地开拓了词句的容量。因为无论是旧石器时代、中石器时代还是新石器时代，也不管是打制石器还是磨光石器，总而言之，都是"石头"。这样，就把长二三百万年的整个石器时代纳入六字之中了。"小儿时节"，也是个比喻的说法，指人类的童年时期。

毛主席在给陈毅同志谈诗的一封信中说："诗要用形象思维，不能如散文那样直说，所以比、兴两法是不能不用的。"（《致陈毅》）我以为这三句便是最好的范例。它全是用的形象化的"比兴"，而不用直说的"赋"。因而能以小摄大，举重若轻；以俗为雅，亦庄亦谐；如话家常，别饶风趣，给读者以巨大的美的享受。

"铜铁炉中翻火焰，为问何时猜得。不过几千寒热。"这是写人类历史开始由原始社会进入到阶级社会。这是一个更高级的社会形态，但残酷的阶级斗争也就从此开始。"铜铁"两个字，标志着两个不同的时代和社会：铜指铜器时代的奴隶社会，铁指铁器时代的封建社会。冶炼术是个了不起的发明，"铜铁炉中翻火焰"正是写的这一壮丽场景，使我们不禁联想起李白"炉火照天地，红星乱紫烟"的诗句。"为问"犹请问，诗词中常用。"猜得"犹猜中，谓做出结论。奴隶社会和封建社会究竟始于何时，史学界迄无定论。关于后者，尤诸说纷纭，竟有西周、春秋、战国、秦统一、东汉和魏晋等六种之多，所以说"为问何时猜得"。这是朋友间相互讨论时的一种风趣说法。它表示的，不是轻易而是亲切。据写于1939年的《中国革命和中国共产党》，毛主席原是一个西周封建论者，如果有同志一定要问为什么说"猜"？他老人家满可以回答说，我自己不就是这"猜"的行列里的一员嘛！"不过几千寒热"，是说到底什么时候开始，一时做不出结论也不是什么大问题，横竖不过几千年罢了。按《词律》，这里应为上三下四的七字句，所以赵朴初同志说可能是在"不过"二字下脱落了一个"是"字，"是无心的笔误"（见《诗刊》1978年10月号）。我不以为然。首先，毛主席的真迹俱在，这句写得清清楚楚，无任何涂改迹象。下句的"开口笑"的"口"字脱漏了，但当即做了郑重的添补，未必上一句有脱文就不会觉察。

这和毛主席一贯提倡鲁迅先生说的文章"写完后至少看两遍"的精神也是不符合的。第二，《贺新郎》一调原有一百一十四字、一百一十五字和一百一十六字三体。写于1923年的《贺新郎》便是一百一十六字体。这一首虽少一个字，仍自成一体，在词谱上是允许的，不必添字。第三，从艺术角度看，"不过几千寒热"，语健而气足，做"不过是"便显得不那么紧凑。因此，我以为这不是"无心的笔误"，而是有意的精简，不必加。

"人世难逢开口笑，上疆场彼此弯弓月。流遍了，郊原血。"历史是无情的。伴随着阶级的出现而来的，是不可避免的残酷的阶级斗争。这第一句是用杜牧的诗句："尘世难逢开口笑，菊花须插满头归。"（《九日齐山登高》）但改"尘世"为"人世"，便包括了整个社会。杜牧所抒发的不过是个人的失意寡欢，而毛主席感叹的则是整个人类社会的历史悲剧。由于不断的阶级斗争以及各个民族之间的斗争，诸如"血流漂杵""积尸成山""杀人盈城""杀人盈野"这类记载，历史上多得很，真令人不忍卒读，更何来"开口笑"？"上疆场彼此弯弓月"，是对当时战争的一种典型性的写法。弓箭之外，当然还有其他武器。"弯"就是拉或挽。弓未拉开时像弦月，如杜甫《初月》诗："光细弦欲上。"（八日为上弦，二十三日为下弦），或者说新月，如白居易《秋寄微之》诗："余霞数片绮，新月一张弓。"辛弃疾词："小桥横截，新月初弓。"拉足时又像满月，所以前人多将弓和月合写。李白诗"边月随弓影，胡霜拂剑花"，又辛弃疾词《沁园春》"小桥横截，缺月初弓"，便是写的未拉开的弓；至于杜甫诗《七月三日》"长铍逐狡兔，突羽当满月"，苏轼词"会挽雕弓如满月"，则已明言是指拉满了的弓。"弯弓月"，也就是说把弓拉得像满月，因为这样射出去的箭才更有杀伤力。押韵，是古典诗歌在形式上的首要环节。尤其是律诗和词，还有硬性规定，丝毫不能通融，所以唐宋以来有所谓"险韵"或"剧韵"之说。唐人牟融诗云"诗因韵险难成律"，又云"有兴不愁诗韵险"。这种险韵往往是逼出来的，碰到必须押韵的地方，苦思冥想地冒险（其中往往即有创新）。押得好时，便能化险为奇，收到如韩愈所说的"险语破鬼胆"的艺术效果，而作者自己也将有一种如李清照说的"险韵诗成，扶头酒醒，别是闲滋味"的快感（当然，押得不稳，那便成了所谓"凑韵"）。毛主席这里的"弯弓月"便是险韵。非大本领、大手笔，不能也不敢在"弯弓"之后押上一个"月"字。"弯弓月"三字很吃紧，表现了阶级斗争的主题，是下文"流遍了，郊原血"的张本。"流遍了，郊原血"这六个字，是一部阶级斗争史的高度概括。"郊原"二字不是随便用的，因为那正是生产粮食以养活人类的肥沃田野。所以，杜甫也曾痛心地写过"有田种谷今流血"这样的诗句。（*流血以言战伐杀人之多。《东都赋》："川谷流人血。"*）

词的下阕，紧接上文。作者进一步指明读史的方法，要运用阶级斗争观点来对待历史人物和事件，不要让古人牵着鼻子走。上阕基本上是敷陈其事，不加可否，而下阕则是大发议论，爱憎分明；上阕基本上是不动声色，而下阕则是情绪激昂，大声镗鞳，上下之间的表情是很不相同的。

"一篇读罢头飞雪。但记得斑斑点点，几行陈迹。"这一句，在结构上占有重要位置。在词的创作上有所谓"过片"。"片"即"阕"，"过片"就是由上片过渡到下片，也就是下阕打头的第一句。词论家认为这一句要写得如"藕断丝连"，又如"奇峰突起"，使读者至此精神为之一振。我们现在很少填词，但这种不失为经验之谈的言论对欣赏仍不无帮助。这里的"一篇读罢头飞雪"，就是一个兼二者而有之的绝妙"过片"。读到这一句，不禁使我们猛吃一惊：什么原因，一篇读罢竟然使得诗人如此悲愤，不仅头白如雪，而且这如雪的白发还仿佛要飞了起来上冲霄汉？大家全熟悉，毛主席是曾以"江山如此多娇"这样壮丽的词句歌颂了我们祖国大地的。

牟融诗《春日山亭》："搔首惊看白发新。"然而恰恰就是在这样美好的祖国大地上"流遍了，郊原血"。从"铜铁炉中翻火焰"以后几千年来，不管是奴隶、农奴还是农民又都处于一种被奴役、被剥削的境地。试想，一位伟大的马克思主义者，一位热爱祖国的伟大诗人，读着这样一部人民血泪史，能不"忠愤气填膺"吗？把"头飞雪"仅仅归之于我国史籍的浩繁，读上一遍，白了人头，是不够的，不够阐明"飞"字所蕴含的作者的精神面貌（这句标点，主席手迹原为逗号。这里改用句号，主要是根据主席重书的另一首《贺新郎》手迹）。"斑斑点点"是指的个体文字，但似具有双重性，是文字，也是血泪。读到这两句，使我们不由地想起鲁迅先生在《狂人日记》里借狂人之口所说的那几句话："我横竖睡不着，仔细看了半夜，才从字缝里看出字来，满本都写着两个字，是'吃人'！"

"五帝三皇神圣事，骗了无涯过客。有多少风流人物？"这几句是揭露、批判反动统治阶级唯心史观的欺骗性和危害性。历史是人民创造的，但历代帝王却把一切创造发明都归功于还处在石器时代的传说人物"三皇五帝"，并说得神乎其神；而历代御用文人又加以吹捧，读史者复无史识，不知是诈，结果是"骗了无涯过客"。"过客"就是指的人，人们来到世上，各自走上一趟便回老家，正有似过客。李白《拟古》诗："生者为过客。""无涯"一词，出自《庄子·养生主》："吾生也有涯，而知（智）也无涯。"可兼指时、空两方面说。"无涯过客"即无穷的过客，极叹受骗者之多。按照自然法则，每一个人都是一个过客，但我们不能机械地把"无涯过客"理解为所有的人们，因为也有少数不受骗的。如下面就要提到的盗跖，就曾指着"言必称尧舜"的孔子的鼻子反问："盗莫大于子，天下何故不谓子为盗丘，而乃谓我为盗跖？"（《庄子·盗跖篇》）陈胜也根本不相信帝王"应天受命"那一套，公然说："王侯将相，宁有种乎！"（《史记·陈涉世家》）如果联系陈胜以后出现的历史上无数次大小农民起义和众多的起义英雄，问题就更清楚了。我们所能肯定的是，这里的"无涯过客"是个贬义词，所指范围似甚广，包括自以为能读史而其实并未读懂的所谓"知识里手"在内。关于"五帝三皇"本身，我们不去多纠缠，但想借以说明一个问题。据历史传说，三皇在五帝前，毛主席在《论反对日本帝国主义的策略》一文中也是说的"自从盘古开天地，三皇五帝到于今"，为什么这里却倒过来说"五帝三皇"？这是一个前面已提及的"律诗要讲平仄"的问题。这句七个字，前四个字必须是"仄仄平平"，用"五帝三皇"正合适，用"三皇五帝"

就犯了律，绝对不允许。如七律《送瘟神》"六亿神州尽舜尧"，也是为适应平仄和押韵的需要而将尧舜倒转为"舜尧"的。这类情况可以说是律诗所享有的一种特权，是千百年来大家认可的。"有多少风流人物？"这个问话句，在全词中是一转折点。由批判转入歌颂，诗人的心情也由激愤转入愉悦，由"头飞雪"转为"开口笑"。这一句束上起下，一般都将它属下和下两句结合在一起，但我觉得还是属上较好。

"盗跖庄跷流誉后，更陈王奋起挥黄钺。"这两句就是对奴隶起义、农民起义领袖的大力歌颂，读者至此亦不觉为之眉飞色舞。盗跖是春秋时鲁人，《庄子·盗跖篇》说他"从卒九千人，横行天下，侵暴诸侯"。《荀子·不苟篇》还说盗跖"名声若日月，与舜、禹俱传而不息"。但这些都不能天真地看作是当时学者们在为盗跖说好话，荀子就是把盗跖作为"名不贵苟传"的反面人证的。庄跷是战国时楚人，楚威王时率众起义。楚分而为四后，他率众至滇池（在今云南），并王其地（据《史记·礼书》及《西南夷传》）。后人遂将他们连在一起作为"穷凶极恶"的标本。如晋葛洪《抱朴子·塞难》："盗跖穷凶而白首，庄跷极恶而黄发。"这简直是恶毒的诅咒。但也从反面证明他们的大得人心，所以能"横行天下""名声若日月"，并得寿考善终。"流誉"犹流芳。继盗跖、庄跻之后起义的是秦末的陈胜（**即陈涉**），规模更大，是我国历史上第一次全国性大起义，被推翻的是我国历史上第一个封建大帝国——秦王朝，所以毛主席豪情满怀地写下了"更陈王奋起挥黄钺"的词句。陈王即陈胜，起义后得到豪杰们的拥护，都说他"功宜为王。陈涉乃立为王，号为张楚"（**见司马迁《史记·陈涉世家》**）。有同志说陈胜"自立为王"，不确；还说毛主席之称为"陈王"，意在暗示农民革命为什么总是陷于失败，亦似欠确，未免求之过深。司马迁在《世家》里称陈胜为"陈王"而不名者不下一二十处，毛主席在这里利用了这一古已有之的称号，并未如有人所说的暗含什么讥意。"黄钺"，是以黄金为饰的斧钺。作为封建权力的象征，原为帝王所专用，如《史记·周本纪》载周武王"以黄钺斩纣头"。这里说"陈王挥黄钺"，是一种有意识的"反其道而行之"的说法，也就是歌颂。"陈王"非他，即一"辍耕而叹"之贫雇农陈胜是也。韩愈《石鼓歌》"宣王愤起挥天戈"，乃毛词句"更陈王奋起挥黄钺"所本。

"歌未竟，东方白。"这是一个语带双关、意在言外的结尾，真是"看似寻常最奇崛"。它具有写实与象征的双重性，从写实角度看，是说我这首《读史》的词还未写完，但东方已发白。毛主席日理万机，为国操劳，经常通宵达旦，这个结尾便是无意中给我们留下一个活生生的纪录镜头。写这首词时，毛主席已是年过古稀的老人。从象征的角度看，则是说，对"陈王"以后那许多同样可歌可泣的起义英雄我还没来得及一一歌颂，而中国革命已告胜利了。这样一来，就把两千多年前的农民起义和今天的中国革命很自然地焊接在一起。不仅结束了人类历史上黑暗的过去，而且把我们引向遥远的光明未来。有同志把"东方白"还原为象征"陈王"的起义，并说正是由于这一起义，东方的中国出现了亚洲的黎明，推翻了秦帝国，出现了两汉创造的灿烂的封建文化，这说法很值得商榷。它不像个结尾，也根本结不住这样一篇《读史》，有似悬疣。非常明显，这里"东方白"的"白"，和《浣溪沙》"一唱雄鸡天下白"的"白"，都是象征中国革命的胜利的，不能做别的理解。其区别只在，后者属于"索物以喻情"的"比"，因写作的当时是在丰泽园的灯下；而前者则兼属于"触物以起情"的"兴"，因为写成时正当东方发白，是所谓"兴而比也"。清人沈德潜评李白的七言绝句说："只眼前景，口头语，而有弦外音，令人神远。"这对我们领会这首词的结尾的思想性和艺术性都很有启发。

"长夜漫漫何时旦！"这是两千多年前的古人所发出的浩叹。如果没有中国共产党，如果不是在中国共产党的领导下进行了长期、壮烈的阶级斗争，这"东方白"是不会出现的。因此，牢记并运用阶级和社会观点观察人世间的一切问题，分清敌友，明辨真伪，不做那蒙欺受骗的"无涯过客"，自觉地跟党走，走国家富强、人类共同幸福的社会主义和共产主义道路——这就是我们今天读《读史》一词所应领会的弦外之音。

"推翻历史三千载，自铸雄奇瑰丽词。"这是已故南社诗人柳亚子先生赠毛主席的诗句，可作千秋定评！我们为伟大的祖国诞生毛泽东这样的风流人物而深感自豪！

1990年1月22日

乾按：此系萧先生论文绝笔，世称好文。非常难得的是，他在夫人黄兼芬老师刚去世不久的悲痛中，在春节时间，仍秉笔疾书，甚至破例抽了烟。如此认真忘我，世间学问焉得无成！臧克家先生写道："特别使我感动的是萧涤非同志。这位杜甫研究权威，已经83岁了，一气写了6000言！看了他仔细认真的写作态度，看了他的两句话，我百感丛生，眼泪欲流。"我愿再引蔡清富教授所说："讲解毛主席《贺新郎·读史》词作的文章，不下数十篇，但以萧老的最好，故将其选入了《名家赏析》中。"故弥足珍贵。"斯人已寂寥",精神永志!

2019年3月29日

（为臧克家主编，蔡清富、李捷副主编《毛泽东诗词鉴
赏》而作，河北人民出版社1991年版、河南文艺出版社2003年
增订版。收入蔡清富编《毛泽东诗词名家赏析》，北京师范
大学出版社1993年版；收入《萧涤非文选》，山东大学出版社
2006年版时，据萧先生批注增补了几个例子。个别句子，经
原中央文献研究室李捷主任商定，依原意做了文字技术性修
订）

附录一　谈中学读诗

《中学语文教学》编者按：山东大学萧涤非教授（1906—1991）是我国著名的中国古典文学专家，在诗歌史、杜甫诗的研究方面有杰出的贡献。他对中学语文教学也甚为关怀，曾为我刊写了好几篇杜诗教材分析的文章，得到老师们的好评。他不幸于去年4月15日逝世。我们这里特选发他1942年在昆明西南联大师范学院的《国文月刊》上发表的一篇《谈中学读诗》的旧作，作为他逝世周年的纪念。

这是一篇针对当时中学国文教材中古诗部分编选问题的批评和建议。尽管本文所批评的情况，在今天已有很大变化，但也不能说已经完全解决了。文章提出的编选原则，今天也还有一定的参考价值。例如主张以孟子说的"知人""论世"作为"选诗的最好标准"，以及"诗歌本身的演进，便是学习最好的程序"，对我们都还有启发作用。又如强调平仄声律"是近体诗和词的生命线"，也仍然是我们教学中经常忽视的薄弱环节。

我个人是很欢喜读诗的，虽自觉还不足与言诗，既不必对朝晖暮霭，秋月春花；也无须乎扫地焚香，正襟危坐；只要口舌清闲，只要无人独自，我大概就会哼到诗上去。实在，诗也就太叫人倾心了，它有着各种不同的色彩和声调，有着各种不同的人物和性情，差不多随时随地你都可以找到适合于你的情绪的作品来咀嚼涵泳，或者长歌当哭。

读虽欢喜读，但却非常害怕谈什么"读"的。这原因很简单：因为读是自家的事，而谈读却不是自家的事。自家读时，酸咸苦辣，自家知道，张王李赵，总不关渠，爱读何人，便读何人，爱读哪首，便读哪首。譬如，现在我便欢喜读杜工部的"炎风朔雪天王地，只在忠良翊圣朝"和"此身免荷殳，安敢辞路难"一类的诗，因为觉得很可以壮壮我的气，平平我的心。一声说到"谈读"，却大大不然了。何人当读不当读？何首当读不当读？何等样人当读何等样诗？一些问题，"心儿语口"的早弄得人老大不自在。而且口味不同，意见不一，你以为甜，他以为苦，你以为"文外独绝"，他也许诋为"恶诗"。所以我始终愿意独自摸索着读，而很怕在读以外别有

风诗心赏

所谈。

本年度西南联大国文系师范学院这一部分，曾经举行过一次会议，拟将坊间所有中学国文选本中各种教材做一番有计划的总检阅，诸如文言文、语体文、学术文以及诗歌等，而由师院同仁分别担任做一次批评式的讲演，事情是这样决定了。而诗歌一门，当时便由罗莘田先生指定了我。我实觉惶恐，批评二字自然更使我害怕，所以虽不愿谈，而仍然只有借重这一谈字。"惶恐"，总算在惶恐中过了。万不料余冠英先生又叫我把所讲的写出来，这益发是我的违心之举了。但为了恢复个人读诗的自由，也只有把这笔债还清。

在未谈到中学读诗的本题以前，我得声明两点：第一，我未曾把所有的中学国文课本都检阅，就是已经检阅的也未曾将各本内容一一钩稽而仔细加以勘核，这并不是我不愿意更忠实些，而是我没有这么多的时间和精力，所以我的话，也许不免有近似"无的发矢"之处。第二，我没有教中学的经验，各选本所选的诗歌，是否适合于中学生的脾胃和消化力，我实无从知道。韩子说："无参验而必之者，非愚则诬也。"我的话，也许不过是一种"无稽之谈"。现在且就这次检阅所得的印象，而为个人所不敢苟同的，略附鄙意，分三项叙述如后：

（一）时代不合。这几为一般选本通有的现象，譬如一时代的作品，而前后一再地选，如《诗经》，如汉魏古诗。一人的作品而前后一再地选，如李白杜甫诸人。也有在一册之中，自《诗经》以至于五代两宋的词，莫不应有尽有，像这样的上下千古，包罗万象，不独教者疲于奔命，即学者亦必眼花缭乱。这点并非细故，因为时代的问题，同时也就是源流正变和深浅难易的问题。时代错乱，源流就要不清，深浅难易之间的步骤，就不免"倒行逆施"起来。关于这层，简括地说，我的意见是：初中不必读什么长诗的，在初三或初二的两年中，尽可选些古逸诗如"击壤""康衢""卿云""南风"之类（真伪自可不辨），以及历代的杂歌谣辞（就是现在的，也未尝不可选读）。这些东西大半都有本事而饶趣味，学者容易入港，又篇章简短，文字明显而有韵，也易于上口，所以一方面可作为一种常识的灌输，另一方面更可作为入高中时正式读诗的准备。现行一般初中课本，有选《诗经》的，有选汉诗的，也有选到宋词的，我只能说一声荒唐。

至于高中的三年，我的分配是这样的：高一选汉魏古诗，高二选六朝及初唐，高三选盛中晚唐而附以《诗经》及五代两宋词。一种文体的递变，总是由自然而趋于雕琢，由疏阔而趋于精密，由简易而趋于繁难，诗歌也并非例外，所以我认为诗歌本身的演进，便是一个学习最好的程序。汉魏古诗，语近天籁，事殊镂刻，平仄不拘，对否无定，长短任意，又其中乐府一部分多属叙事之作，自然最适合于初学。至于唐诗，尤其是"近体诗"，可就不如此简单了。字有字法，句有句法，章有章法，还要讲格律，讲声病，讲对仗，教的人还是讲还是不讲呢？不讲则失其所以为近体诗，讲则如学生对于唐以前诗歌毫无根柢也无从领略，所以最好是依次地把唐诗放在高三那年。至于长短句的词，不但要分平仄，还要分四声；不但句子有一定，而且在一定的句子之中又有一定。如五言句，有当作上二下三的，也有当作上一下四的。七言句，有当作上四下三的，也有当作上三下四的，非对于近体诗有相当认识，实谈不上什么词。现行的高中国文课本，似乎只注重意义一方面，往往古今不分，诗词糅杂，我们要知道声律实在是近体诗和词的生命线，无声律，便不成其为近体诗，为词了。我们讲什么，得像什么，不能只偏重一方面。《诗经》是我国最古的作品，也许正因为太古了，无论音韵和训诂。而且四言的时代早已过去，与写作太不发生联系，所以我把它和词一同归入高三这年，以便和大学衔接。将初唐划并高二，那只是一个数量上的打算，六朝诗歌，对于中学生可选的似乎并不多，不如多腾出些篇幅好让在高三时多读点盛唐的作品。

总之，我对于时代这一方面的主张是：寓诗选于文选之中。使学生循序渐进，能够得到一比较明晰的整个轮廓。

（二）数量不匀。这现象并不普遍，但有的国文课本，可也真有点太畸形，太奇怪了。他可以在高一所用的第一、二册，或高二用的第三、四册的某一册里面，有时选上百多首，而在高三用的第五、六册上，却连诗的影子也找不到。难道到了高三：中国的诗便读无可读了吗？难道在高二以前便把诗读够而无须乎再读了吗？当然他一定有他的理由，但这理由是我很难于索解的。我以为这种轻重多寡不匀的办法，至少会发生下列的几种的恶果：第一，高三既绝不选诗，那么在高一高二的两年度，诗歌势必异常拥挤，影响学生的消化力。第二，诗歌乃是一种情感的东西，可以调剂文章的枯燥无味，高三既然无诗，不免要减少学生的兴趣。第三，未免"浅尝辄止"，易使学生存一种玩忽诗歌之心。第四，显然是不与大学课程相衔接。我们当然不希望所有中学生都进大学的国文系，但我们似不能不为有志于学习本国文学的竖一阶梯。所以我的意思是在高中三年里都得有诗歌，每年所读诗歌的数量也得大致匀称。关于这点，我不必细说，因为如果按照我上面第一项所论的办法，自然是不成问题的。

（三）标准不确。这是一个诗歌内容的问题。一般选录，似乎都犯着两种毛病：一是各选所选。有的选梅尧臣的杂诗绝句，有的选范成大的四时田园，也有的选王渔洋的七绝。我并不是说这些人的诗不堪一读，而是觉得在有限的年光，有限的篇幅里，似乎没有余力余地来选读这些诗。记得梁任公先生曾经说过唐以后的诗可不必读，这话对于中学是很适用的。本来有唐一代便是集旧诗歌之大成的，千年来都无能出其范围，中学生诗读到唐，也就尽够了，正不必贪多骛博。即有所选，也只能择优的附入唐诗。二是选人所选。如阮籍的《咏怀》，左思的《咏史》，便有很多选的。这大概为了这些作品《文选》既然选了，而《诗品》又都推为"五言之警策"的缘故，所以没有考虑到中学生的程度。我们知道，咏史并非诗歌的极则，而阮籍的咏怀，自六朝人便已感觉"归趣难求"了。即以大学而论，据个人所知，阮籍的诗，也只有先师黄晦闻先生在北大和清华讲过，北大的情形我不清楚，清华则选修的只有两个人，有时两人中之一因事或因病请了假，那么偌大的教室里便只有一个讲的和一个听的，可知"咏怀诗"实在是个冷门。我们不必食马肝，始为知味，像这类的诗，中学生实大可不读。

　　古今来最善于读诗的，莫过孟子；最善于论诗的也莫过孟子。他说："诵其诗，读其书，不知其人可乎？是以论其世也。"这"知人"和"论世"，正可以拿来作为我们选诗的两个最好的标准。现在先谈"知人"。《诗》大序说："诗者，志之所之也。"所以诗中须有人在，须有志可求。诗中无人可知的诗，我们当然不选。不过也有个高下大小的分别，譬如李延年的"北方有佳人"那首歌，又何尝无志？但结果不过是把自己的妹妹嘘成一位天子的夫人而已，像这样的人，我们自然不屑去知道他。关于"知人"这层，我以为最好是多，从人伦和日常行事一方面去着眼，去下手。因为这正是"人格""性情"具体的表现和流露处。古今来，备人伦于诗道的，只有一杜甫，现在就拿他的诗来说明一下。如："老妻寄异县，十口隔风雪。谁能久不顾？庶往共饥渴。"（《自京赴奉先县咏怀五百字》）这夫妻情爱的深厚是何等样？"便与先生成永诀，九重泉路尽交期！"（《送郑虔贬台州司户》）这友谊的真挚又是何等样？他如《秋兴》《诸将》诸作，对于君国眷恋的赤忱又是何等样？所谓"动天地，感鬼神"者，实端在此种。一般好选文信国的《正气歌》，岳武穆的《满江红》，那当然是当选的，但如我上面所论列的那种，似乎更当选。因为那是根本所在，没有根本的东西，是禁不起风雨的飘摇的，是发不出灿烂的花朵的。我们如果还承认诗歌是有种"潜移默运"的力量，那么在这初初读诗的中学阶段，似应有以"端其趋向"（陶谢的诗，理趣过高，亦不必多选）。

其次，我们再谈"论世"。所谓论世，这在我的意思是指"足以观风俗，知薄厚"，描写社会病态的一类诗歌。这类诗歌，对于中学我认为较前者尤当侧重，因为深浅合度，且易唤起初学者的兴致与同情。这本是我的一种主观的推测，颇苦于没有佐证。在此，我愿意叙述一件琐事：是我未向同学谈话的前夕，我为此问题而沉思了，妻在一旁便问我想什么？我忽然灵机一动，如梦初觉，于是便问她："你从前读的中学国文课本里，可曾选有诗？"她说："有的。"我说："你且举几篇我听。"她便屈指地数着说："有《孔雀东南飞》，有《陌上桑》，有《新丰折臂翁》，有《卖炭翁》，还有……什么吏也吏的。"抗战五年中，做了两个孩子的母亲的她，对于过去的读物已是很模糊了，但我知道她指的一定是杜工部的《石壕》《新安》《潼关》"三吏"。听了她这回答，我不觉暗喜，因为她所举的都是些叙事作品，充分地证明了我的推测是不错的。为了要取得一种比较，我再试问她："你可记得有没有古诗十九首？"我明知任何一个书局出版的中学国文绝没有不选古诗十九首的，但她却沉吟了，很想助我一臂之力似的思索了好一会才迟疑地说："青青河畔草，是不是？"我只笑着点了点头。所谓"惊心动魄，一字千金"的古诗十九首所给予一个初学者的印象尚远不及《孔雀东南飞》一类作品来得深刻，其他更可知了。这是一个赏鉴能力的问题，是不能勉强，不能躐等的。我虽不同意读到宋以后的诗，但如此种，仍可尽量地选，可惜的是太少了。好的更少。

在"知人""论世"以外，我想再增一条"明体"（姑且这样说）。所谓明体，一是指作者创为的新体，如魏文帝的七言《燕歌行》。一是指作者擅长的诗体，如王昌龄的七绝，尤其是那首《长信秋词》，虽不合乎知人，亦无当于论世，但就七绝论七绝，实堪为有唐一代压卷之作，诸如此类，我们也不能遗置。

关于中学读诗，个人的浅见，大致已如上。最后，我想补说两点：（1）还是有关于诗歌的重要论著，最好随时附入，与诗歌相配合。如《关雎》序、《诗品》序、《文心雕龙》的明诗、《宋书·谢灵运传论》、《颜氏家训·文章篇》、白居易《与元微之论作文书》以及赵瓯北的《声调三谱》、王渔洋的《律诗定体》等，词则王静安先生的《人间词话》。而《关雎》序一篇，不但当必读，且当先读，因为如果不知赋比兴为何事，便将不知诗歌为何物。（2）汉魏六朝的诗，可以按作者的先后为次，至于唐诗，我觉得还是采用《唐诗别裁》办法为是。诗体莫备于唐，而各体之间，消息亦复大异，分体选录，可使学者对于各体皆有一明白认识；同时，有志于写作的也有一模范和途径。这两点，有的课本似已注意到，但还欠完善，彻底。

现在话真说完了，我当可以恢复读诗的自由了。

（原载《国文月刊》1942年第17期；《中学语文教学》1992年第5期；收入《二十世纪的杜甫——萧涤非先生诞辰百年纪念文集》，华艺出版社2006年版）

附录二　杜甫与自学

《高教自学考试》编者按：1985年5月，山东省实施高等教育自学考试制度之初，省考办的刘生章和大众日报社的董安华等，曾就自学成才问题请教萧先生，在6月3日的《大众日报》上发表了《语重心长话自学——访山东大学中文系教授萧涤非》一文。令我们感动不已又出乎意料的是，由此竟引发了先生对"自学成才"问题的极大关注，且做了深入的思考和精心的研究，多次写下大量资料笔记，以《杜甫与自学》为题，分几次拟就了详细纲目。可惜这篇文章尚未及正式成文，先生竟仙逝而去。值得庆幸的是，萧先生当年的这些研究，现由其三子光乾以先生原有的构想为基础，重新进行研究、查证，并撰写成文，既完成了先生的遗愿，体现了先生的初衷，保持了先生的行文风格，又有所发展。

风诗心赏

杜甫一直被后人推为"诗圣",所谓"千载杜公,邈乎诗圣"(吴兴祚《杜诗论文》序)。然而,诗称圣哲岂无因?用杜甫的话说"名声岂浪垂?"(《偶题》)从学习的角度看,可以毫不夸大地说,杜甫这位大诗人是靠自学成才的。

俊杰思自致

杜甫诗云:"烈士恶苟得,俊杰思自致。"(《送顾八分文学适洪、吉州》)意思是有志之士厌恶苟且求得,俊杰之才追求自尽其极。可见杜甫是反对用不正当手段达到自己的目的,而主张靠自己的尽心竭力去达到极致。值得注意的是,这两句诗是杜甫死前两年,写给他的一位做过太子文学翰林待诏的朋友顾戒奢的。虽是规友,却是夫子自道,我们更可以把它看作杜甫一生为人求学经验的一个概括。就学习而言,"思自致"就是思自得,要自学成才。

也许有人要问,杜甫不是有家学渊源吗?不错,杜甫是有家学渊源,有文学(诗歌)传统。他一再很自豪地说,"诗是吾家事"(《宗武生日》)、"吾祖诗冠古"(《赠蜀僧闾丘》)。显然,这对他很有激励作用,并引发兴趣,但却并不能使他自然而然地会吟能诗,还要看他自己的努力。从这个意义上，可以说他自己的成就，完全来自并得力于自学。何况他的祖父杜审言，虽是武则天时代的著名诗人，"天下之人，谓之才子"，但在杜甫出世时已经去世了，杜甫并没有直接得到他祖父的任何教导。他的父亲杜闲，做过几任县令一级的小官，看来是有文墨的，但文学修养和造诣似乎都不高。《全唐文》和《全唐诗》都没有留他一个字，也没有谁提到过他的文才，那篇为继母写的墓志铭（《唐故范阳太君卢氏墓志》），还是杜甫代作的。可见他父亲只是个一般的文人，对杜甫之成为大诗人，帮助显然是不会大的。事实上，杜甫对他父亲的文学造诣，也几乎没有谈及，这和对他祖父的评价形成鲜明对照：一个一字不提，一个赞不绝口，这也是个证明。

当然，这绝不是说家庭身世对杜甫自学的影响和帮助就不重要。从远处说，他的十三世祖杜预，是西晋时名将，精通《左传》，其文治武功，对杜甫的求学与政治抱负，就起着一种鼓舞和示范的作用。从近处说，杜甫是书香世家，家里有不少图书，可以说是家庭图书馆，就是他的自修大学。没有这个家庭图书馆，他要"读书破万卷"，还不易得呢，至少起步就无书可读，无书可破，所以条件也是非常重要的。但，这种影响和帮助，只是个外因，它能起多大作用，能否影响他的一生，关键还在于他自己努力与否。所以，杜甫十四五岁，便有人把他比作班固、扬雄了，不思自致，不靠自学，能行吗？至于成为集大成的诗人，离开自学，就更是不能想象的了。

穷未坠素业

杜甫自言"少小多病，贫穷好学"（《进封西岳赋表》），又说"自先君恕、预以降，奉儒守官，未坠素业"（《进雕赋表》），可见他是逆境成才的，而"穷未坠素业"应是他自学的基本特点。

杜甫常常写到他的穷："苦摇求食尾"（《将适吴楚留别章使君》），"到处潜悲辛"（《奉赠韦左丞丈》），惨得很，甚至于到了"入门闻号啕，幼子饿已卒"（《自京赴奉先县咏怀五百字》）的绝境。但是杜甫非常顽强："舌存耻作穷途哭"（《枉裴道州手札》），"穷愁但有骨"（《王阆州筵酬十一舅》），也很清醒："吾道属艰难"（《空囊》），甚至达观："囊空恐羞涩，留得一钱看。"（《空囊》）这虽然是自我解嘲，但也正因为他能对穷看淡了，想开了，穷愁奈何不了他，他才有可能未坠素业，自学成才，所以他深有所悟地说"文章憎命达"（《天末怀李白》）。

回顾杜甫的自学经历，我们不难发现，杜甫的学问基础，大约在二十岁以前便打下了。因为此后便遨游南北（吴越齐赵），继而困守长安十年之久，"卖药都市""朝扣暮随"，苦于生计，接着安史之乱，更无工夫来读书。晚年漂泊西南，只有在成都的四五年，在夔州的一年多，可能读了一些书，但不会很多，一则老了，二则生活并不富裕，三则身边所有的书卷，本来就很少，不比在家时。好在他早年下过"群书万卷常暗诵"（《可叹》）的功夫，有这份本领。

　　杜甫早年的自学情况，可以从他自传式的诗中了解些片段。他的《壮游》诗说：

> 七龄思即壮，开口咏凤凰。
> 九龄书大字，有作成一囊。
> 往昔十四五，出游翰墨场。
> 斯文崔魏徒，以我似班扬。

可见，杜甫七岁就开始学习，十几岁已令文坛老宿刮目。再看当时他的同辈诗人对他的称颂："新诗海内流传遍"（郭受《杜员外兄垂示诗》），"大名诗独步"（韦迢《潭州留别杜员外》），"盛名君一个"（任华《杂言寄杜拾遗》），则他"自谓颇挺出"（《奉赠韦左丞丈》），诚非虚言。《莫相疑行》就记录了他踌躇满志的情景：

> 忆献三赋蓬莱宫，自怪一日声辉赫。
>
> 集贤学士如堵墙，观我落笔中书堂。

因此，我们说杜甫早年就已成了国家级的拔尖人才，那是符合事实的，但他的早成才，首先而且主要是他勤奋自学的结果。

杜甫是非常诚实的，他常常现身说法，道出自学的甘苦，这对于我们有很大的教育意义，因为他使我们懂得：勤苦劳动外，没有什么天才。谁要是迷信天才，谁就会断送自己。荀子说："其为人也多暇日者，其出人不远矣。"（《修身》）杜甫亦不能例外。

如果我们再深究一个杜甫为什么能够"穷且益坚"、锲而不舍地勤奋自学，为什么能够"穷未坠素业"这样的问题，我们就会发现，尽管这与他"文章千古事"（《偶题》）的事业心和"诗是吾家事"的使命感密不可分，但从根本上说，却是由于他那种"窃比稷与契"（《自京赴奉先县咏怀五百字》）的政治抱负、"穷年忧黎元"的爱国热情和"再使风俗淳"（《奉赠韦左丞丈》）的忧患意识，还由于他不断接近人民的生活实践。现在有的人似乎不乏远大理想与生活实践，也不乏自学的热情，却迟迟未能成才，这里头恐怕就有个方法问题。

读书破万卷

"读书破万卷"（《奉赠韦左丞丈》），是杜甫自学成才的经验。"读"字颇有意味。杜甫说"兴来不暇懒"（《晦日寻崔戢李封》），兴趣是最好的老师，不爱好，没兴趣，万卷书就读不了，当然也就"破"不了，所以要读，必先好读，才能读破万卷书。李白好读书，故乡有读书台，庐山也有。广西梧州府"赤水峡顶石窟，即白读书之所"（《永乐大典》卷二三四二），他虽在贬谪，不废读书，"片言苟会心，掩卷忽而笑"。可见爱好之深。杜甫也一样，"朗咏六公篇"（《八哀诗》），"向来吟橘颂"（《与李十二白同寻》），甚至于书信"纸长要自三过读"（《枉裴道州手札》）。这说明，自学先须好学好读才行。

"万卷"是说"博"，要博观。杜甫自学的范围很广，几乎无所不学。他对音乐、舞蹈、书法，很在行，并融会入诗。《江南逢李龟年》《观公孙大娘弟子舞剑器行》等，体现了文学、艺术本是通家的特点。这从他特别说到草圣张旭"数尝于邺县见公孙大娘舞西河剑器，自此草书长进"一事，可见他重视融会贯通。《戏为六绝句》，就表现出文学史家、文学批评家的千古眼光。他的"莫守邺城下，斩鲸辽海波"（《观兵》），"焉得附书与我军，忍待明年莫仓卒"（《悲青坂》），"安得一万人，疾驱塞芦子？"（《塞芦子》）等句，所表达的意见，多与军中大将李光弼、郭子仪的见解符合，亦属政治家、军事家的谋略。而读"魄夺针灸屡"（《咏怀》）、"针灸阻朋曹"（《雨》）、"药许邻人斫"（《归溪上有作》）数句，又逼似针灸家、医药家者流。自学者唯有博观，兴趣广泛，才能大量地占有材料，学养深厚。而且，博观不限于书，还要重视广泛地深入生活。杜甫就是这样，他读社会这本活书，"东下姑苏台""放荡齐赵间"（《壮游》），阅历丰富，广学多能，能骑马，能射飞，能欣赏画马画鹰，也能创作出好的咏画诗。他说"忆在潼关诗兴多"（《览物》），又说"剡溪蕴秀异，欲罢不能忘"（《壮游》）。生活使他所读之书活了，直观了，同时也提高了他的爱国热情，以至至老不忘。

"破"字很关键，什么是"破"？就是用心钻研，"论如析薪，贵能破理"。这并不容易。

首先要"熟"，就是"群书万卷常暗诵"（《可叹》），不然，就不能破，也不能精通。杜甫强调了一切学习与研究都必须首先熟悉自己的对象，这是第一着，最重要的。其次要"精"，要有重点。杜甫读书也有重点，最明显的是他常提到的萧统编的《文选》。他要儿子们"熟精文选理"（《宗武生日》）。他还有这样一句诗："续儿诵文选"（《水阁朝霁，奉简严云安》），大概是有那么一次，多半是宗武在读《文选》中的一篇，多半是一篇大赋，碰到一个难字，读不下去了，杜甫便接上读。从此可知，他确是得力于《文选》，确是很熟，所以也总是带在身边。《文选》这部书，在唐代的当时，确是一部很方便的语言教科书，各体均有，大作家的代表作（除经、史、子外）都选上了。当然，杜甫并不局限于《文选》一书。

除《文选》外，是经书，"语及君臣际，经书满腹中"（《吾宗》），"劝郎勤六经，老夫自汲涧"（《奉酬薛十二丈判官》），也是自幼习读，常在手头，获益匪浅的，如"法自儒家有，心从弱岁疲"（《偶题》）。总之，好读、多读、熟读、精读，"读书破万卷"，是杜甫自学的一条经验，也是自学者成才的必由之路。

后贤兼旧制

杜甫的自学，始终焕发着批判继承的创造精神，这是他取得高度艺术成就的另一条经验——善学。他说："后贤兼旧制，历代各清规。"（《偶题》）这是说后来的杰出作家，总是多方面学习已往的创作，而各时代又各有自己独到的创作法则。所以他又说："别裁伪体亲风雅，转益多师是汝师。"（《戏为六绝句》）这就是说，学习前贤或继承遗产，要善于去粗取精，去伪存真，要能虚心地多方面地学习，老师就会越来越多，这才是你真正需要的老师。因此，杜甫的善学，可以归纳为"三心"，即虚心、细心、苦用心。

杜甫是一个最虚心的人。他不但向古代作家、古代民歌学习，而且也向当时几乎所有的作家学习。他推崇李白"诗无敌"，称颂高适"诗独步"，对王维、孟浩然等等，也都有恰当的评价。他深恶"文人相轻"，也鄙视虚骄。最令人感动的，还是他对后辈诗人的扶掖。他喜元结诗"比兴体制，微婉顿挫之词"，直道"粲粲元道州，前贤畏后生"（《同元使君春陵行》）。他爱苏涣的诗，大呼："老夫倾倒于苏至矣！"（《苏大侍御访江浦并序》）在文学史上，我们还没有发现过第二个能够这样虚心、这样"乐道人之善"的人。

乐于切磋，也是虚心的表现。杜甫说"讨论实解颐"（《奉赠李八丈》），"荆州遇薛孟，为报欲论诗"（《别崔潩》），"论文或不愧，肯重款柴扉"（《范二员外邈》），诸如此类，屡见篇中。其实，疑义相与析，恰是自学的一个好方法。倘若虚心这门儿一关死，学习便无法深入进去，集大成也就无从谈起。

　　杜甫又是一个很细心的人。吴乔《围炉诗话》说："读诗心须细，密察作者用意如何？布局如何？措辞如何？而后有得于古人。"杜甫亦复如此。他在给李白的诗里说"重与细论文"（《春日忆李白》），对严武也说"题诗好细论"（《敝庐遣兴奉寄严公》），又说自己"晚节渐于诗律细"（《遣闷》），再三提到"细"，可见他非常重视一字一句的推敲。他读诗，常常提到字句，说"未缺只字警"（《八哀诗》），"一字偕华星"（《同元使君春陵行》），"开卷得佳句"（《送高司直》），"佳句法如何"（《寄高三十五书记》）等等，像"河海不择细流"似的吸收着别人的点滴长处，从别人不去注意的地方发现好的东西。他作诗，更一字不苟。一个典型的例子，是《又呈吴郎》这首诗的标题。因为是要劝告吴郎准许他的邻居，一个无食无儿的寡妇扑枣，为了使他能比较容易地接受劝告，便不标"又简"，而有意用了一个表示尊敬的"呈"字。这个呈字，看来好像和对方的身份不大相称，但却是必要的，正是杜甫细心的地方。难怪金圣叹叹曰："先生之诗，已到极细。"

所以，我们读书学习，不能粗心大意。眼光不要太浮，停在纸面上、字面上；也不要太滑，一目十行，囫囵吞枣。这都是自学的大忌。

此外，杜甫还是一个苦用心的人，善于批判地学习。他说"颇学阴何苦用心"（《解闷十二首》）。对于齐梁诗歌，他既反对浮艳，"恐与齐梁作后尘"；又批判继承，"清词丽句必为邻"（《戏为六绝句》），确实用心良苦。冯班《钝吟杂录》说："千古会看齐梁诗，莫如老杜，晓得他好处，又晓得他短处。"这话很有见地。既不迷信前人，也不一概抹杀前人，扬长避短，择善而从，正是杜甫自学的苦用心处。"知君苦思缘诗瘦"（《寄裴迪》），也是他苦用心的真实写照。因此，他才能"后贤兼旧制"（《偶题》），才能全面地继承过去遗产的优良传统，并富有创造性。这就是"多师而又别裁"的益处。我们应当学习这种批判继承的创造精神。

总之，杜甫好学、博学、善学，有着扎实的学问基础，但是学问并不能代替诗，这其间还必须经过一个创作的过程。杜甫也并不是为学而学，为熟读而熟读的，而是学以致用，读写结合。人们称他"诗圣"，不就是根据他写的诗吗？因此，这里有必要附带说一下读写结合的问题。

"读书破万卷，下笔如有神"，这两句诗，要用联系的观点来理解。光读不下笔，不写作，那也将是白读了，收不到"如有神"的效果，感觉不到"如有神"的愉快，所以读书和写作不能偏废。读书是学习，写作也是学习，是更为重要的学习。读书时要虚心，要无我；下笔时要自信，要有我，要目无古人。

杜甫所谓下笔，主要是指诗说的，尤其是指律诗（排律）一类诗说的。这种诗有许多讲究，要讲究声调、对偶、押韵等等，有时得用典故，而上句用了典故，下句也必得用，而且典故的相距时代不能太远，不能用本朝故事去对古代的故事，否则便不是合作，不是好诗，便要见笑于大方之家。所以，没有积累丰厚的文史知识，没有经过认真的写作实践，便会感到棘手，反之，就会有一种得心应手、左右逢源的所谓"如有神"的快感。杜甫一生始终是学习和写作结合。所以，二者不可偏废。

毫发无遗憾

杜甫十分重视诗的思想性和艺术性的完美，因而，他对自己创作的要求就十分严格乃至苛刻。"毫发无遗憾！"（《敬

赠郑谏议》）"语不惊人死不休！"（《江上值水如海势》）
这两句诗，就是他的誓言。他要求从内容到形式，从全篇结构
到一句一字，从语言到声律，从开头到结尾，不仅都要没有一
丝一毫的毛病、缺陷，而且还要有"惊人语"，要能"笔落惊
风雨，诗成泣鬼神"（《寄李十二白》）。这是何等的严格，
何等的认真，何等的刻苦。杜甫恰恰就是这样一位爱诗如命、
苦吟舍命的诗人，所谓"遣兴莫过诗"（《可惜》），"诗尽
人间兴"（《西阁》）就是证明。

　　然而，要达到这样的高度是不容易的，惊人的诗句不会
从天上掉下来，所以，他常常很坦白地说到自己刻苦创作的
经验。他的诗是"吟"出来的，有时"吟诗信扶杖"（《徐
步》），有时"吟诗解叹嗟"（《远游》），有时又"独
立苍茫自咏诗"（《乐游园歌》），有时甚至"作诗呻吟
内"（《同元使君春陵行》）。总之，他一辈子吟诗，老而
弥笃，"自吟诗送老"（《宴王使君宅》）。的确，从"七
岁咏凤凰"开始，一直到死，就从未间断过写作，晚年漂泊
夔州，一身是病，还策励自己说："他乡阅迟暮，不敢废诗
篇。"（《归》）而且，从未降低过对自己创作的高标准、严
要求，甚至自责说："病减诗仍拙。"（《复愁》）

　　为了完美，精益求精，杜甫最不惜修改自己的作品。他往

往边吟边改，"新诗改罢自长吟"（《解闷》），"赋诗新句稳，不觉自长吟"（《长吟》），反复推敲，从不马虎。白居易也是"旧句时时改"的，孟郊、贾岛、李贺更是最著名的苦吟诗人。由此可见，唐诗的繁盛，和唐代诗人这种不要命的苦吟是分不开的。一字一句一篇，都费尽了心血。杜甫常说"说诗能累夜"（《奉赠卢五丈》），"识子用心苦"（《赠阮隐居》），"意匠惨淡经营中"（《丹青引》），"知君苦思缘诗瘦"（《寄裴迪》），"更觉良匠心独苦"（《题李尊师松树障子歌》）等等，其实也都是他自己创作上的夫子自道。

还应指出的是，杜甫追求完美，以苦为乐，敢于向自己提出最严格的要求，这与他的雄心和自信有关。既不盲目，更非狂妄。他自少年时代起就具有了"读书破万卷"的修养和远大理想，那时写下的诗句"会当凌绝顶，一览众山小"（《望岳》），已然充分表现了他不怕困难、敢于攀登绝顶俯视一切的雄心壮志。这种雄心壮志，正是杜甫敢于严格要求、能够成为一个伟大诗人的关键所在，也是一切有所作为的人们不可或缺的。他力争上游的精神，和他在政治上"窃比稷与契"（《自京赴奉先县咏怀五百字》），在创作上"气劘屈贾垒，目短曹刘墙"（《壮游》）正相一致。对于前人推为诗中周公、孔子的曹植，和与曹植齐名的刘桢，他竟然说"目短", 这说明杜甫虽然善于虚心地广泛地学习, 却也很自负。不过, 他的"文章日自负"(《八哀诗》), 是有着一种自知之明的自信。在他身上, 虚心和雄心是辩证的统一。所以, 他不做古人奴隶, 不肯随大流、人云亦云, 即使"百年歌自苦, 未见有知音"(《南征》), 也毫不动摇。他有主见, 故能推陈出新, 变化创新; 他有信心, 故能"掣鲸碧海""垂名万年"。

总之, 杜甫是个最老实的人, 说的都是老实话, 所以特别值得我们学习, 也使我们容易向他学习。他诗里说的都是经验, 可以照办, 不是高深莫测。当然, 他也有超出一般理解的言论, 如所谓"神", 但也是实话实说, 如"诗成觉有神"(《独酌成诗》), "诗应有神助"(《游修觉寺》), "诗兴不无神"(《寄张十二山人彪》)等等, 其实这是他写得熟了的结果。

附言:

今年是父亲逝世六周年、诞辰九十周年。冯建国同志为《高教自学考试》杂志"名家治学之道"约稿, 深感其盛意, 遂据先父笔记本草拟之《杜甫与自学》提纲, 执笔成文。自知浅陋, 心中惴惴, 虽勉力而为, 亦难求尽妥, 故忝列名,以示负责，并见小子不敢背德，永念父母之意。萧光乾于先严忌日。

1997年4月15日

（原载《高教自学考试》1997年第6期；收入《萧涤非杜甫研究全集》，黑龙江教育出版社2006年版）

风诗心赏

编后记

　　五十多年前，我的爷爷萧涤非先生在《杜甫研究》初版"前记"中说："我经常怀着这样一种心愿，就是：把诗人杜甫和他的诗，向广大的劳动人民介绍，让广大的劳动人民也懂得他和他的诗。"（《萧涤非杜甫研究全集》上编扉页，黑龙江教育出版社2006年版）他书赠北师大李修生先生的宋人绝句"无补民生亦自惭"，他的美国高足、耶鲁大学教授车淑珊女士所说："萧老先生极力鼓励我钻研杜甫，他希望杜甫能为西方所理解，所欣赏。"以及他生前主编或领衔撰稿的古典诗歌鉴赏辞典约十三部，也都表明了他"服务永为民"的心愿和"为平民而学术"的理念。

　　杜诗是风诗中的精英。爷爷一生侧重于研究风诗，固然和他早年在清华深受黄节老先生的教益分不开，但也和他自幼就是孤儿的凄苦身世分不开，更和他被风诗吸引、产生了共鸣分不开。著名美学家周来祥先生是他早年的学生，就特别欣赏并很想学他对风诗的感受力和鉴赏力。因此结合他的《历代风诗选》，我们想到为他编一部赏析风诗的大众读物。

心赏，本谓心所爱乐也。取自萧先生哭朱自清先生诗"敢云心赏绝"。此亦唐人熟语，如张九龄诗："良辰不可遇，心赏更蹉跎。"白居易诗："心赏期在兹""可怜心赏处"等。所谓"风诗"，就是反映社会现实与民生哀乐的写实的诗歌，就是民歌或受民歌影响的文人制作。傅璇琮先生说："清华自二三十年代所形成的学风，在近现代中国学术发展史上有其独特的地位与贡献。"（《学风的熏陶　师辈的关怀》）重视风诗，便是一个突出的表现。黄节先生有《汉魏乐府风笺》，闻一多先生有《风诗类钞》。萧涤非先生清华大学毕业论文就是《历代风诗选》。

风诗永恒的魅力源自它本身的特点。一是时代性，也就是现实性，"缘事而发，感于哀乐"。一时代有一时代的风诗，代有其作，"皆四方百姓之诗"，是当时社会现实和民生哀乐的写真。可见时代之风俗，或补有史之阙文。二是人伦性，也就是生活气息。出自街陌里巷，富于人情、忧患意识、人道主义精神，其感染力，历万劫而不朽。三是创造性，不仅一切诗体皆出自风诗，而且是"后世创造性文学的源泉"，充满生气和活力。四是通俗性，平实自然，"质而不俚，浅而能深，近而能远"。五是地方色彩。"赵代秦楚之讴"，"大抵南方缠绵婉约、近于浪漫，以词华胜，北方则慷慨悲凉、趋重实际，以质朴见长"。词也分婉约、豪放两派。风格多样。

风诗的魅力还在于体验性。为什么"异代可同调"？就是人心相通。风诗具有人类共同的情志，所谓"一人之心，千万人之心也"。心赏风诗，就是通过感会诗心，丰富和提高自己的人生体验与感悟。风诗之中有人可见，有志可求。所以心赏离不开人生体验。例如作为教授并长期担任西华师大校长、书记的佘正松先生是爷爷晚年的高足。1980年他写研究生毕业论文《高适研究》，就不怵作品赏析。因为他当初曾满怀为国守边的赤诚，在西藏当过六年兵，对于边塞生活深有体验。答辩前，论文的一部分还先在《光明日报·文学遗产》发表。爷爷极为赞赏。也就在这一年，爷爷在京开会给爸爸来信说："你有的意见还是很可取的，比如《蜀相》一稿中，'诸葛亮一生中最感人的地方是他的死'。这句话，爸爸记得是采用了你的。"这是对当时处境坎坷的老爸坚持努力的一种肯定，饱含了老牛舐犊的深情。这次，我爸和我一起整理爷爷的旧稿，看到《蜀相》一篇，又想起这封信，几次翻看，热泪夺眶，始知其中包含了太多太多他当时并不领会的内容，那"出师未捷身先死"的悲剧后来就发生在爷爷身上。他为晚年呕心沥血却不能亲见他主编十三年的《杜甫全集校注》的完成和出版而抱终天之恨。他死时，圆睁双眼，他是死不瞑目的。文如其人。所以说赏析文字里须有人在，有志可求。

风诗吸引了历代的人们以各种不同的方式来心赏她。本书附录了爸爸对爷爷所作风诗的笺注五首。但最早心赏我爷爷诗的，是他的恩师黄节老先生，之后又与朱自清、游国恩等先贤多有唱和之作。爷爷死后，廖仲安先生不仅将未刊诗稿交由《中华诗词》发表，还写了多篇赏析的专文。林继中先生也在他的几篇学术论文中多有称引。这些，都为爸爸笺注爷爷的诗，增强了信心，提供了借鉴。由于时任中宣部副部长的李从军先生的支持和臧克家、任继愈两老的帮助，自1991年爷爷去世，至2006年《有是斋诗草笺注》正式出版，历时整整十五年。其间，爸爸教学工作繁重，既当爹又当娘，还要每年至少发表一篇整理出的爷爷的遗稿或纪念爷爷奶奶的高质量文章。他运动员的强健身躯变得瘦弱多病。他笺注的辛苦可以想见。"为伊消得人憔悴"，这就是风诗的魅力。

当年臧克家老、郑曼先生读后很是高兴，每每勖勉有加。臧老1994年曾两次来信说："年来读你的文章，谨严富于学术性，我心甚喜。"还说："你继承涤非先生的学业，文章写得很不错，我为之心喜！"郑先生说："你的文章《舐犊之爱》吸引着我们一口气把它读完了……我边读边流泪。克家同志读后批道：'此文以情动人，写得好！'"王运熙先生看了谈汉乐府《东门行》一文说："大作发挥黄、萧两先生之说，从词义、事理等方面进行详细剖析，举例丰富，富有说服力，不愧为纪念萧先生诞辰的一篇好文章。"《中国文学史》五主编之一的王季思（王起）先生年高体衰患有严重眼疾，仍以颤巍巍的笔迹，许以"深为故人有子庆"。中国毛诗会副会长董正春先生对补正《贺新郎·读史》之文予以首肯说："文中所记，中肯有据，对萧老先生的高见又有所发挥，颇令人信服，谨表赞同与敬佩。"

所以他认为值。因为从古至今，有父子同注一人之诗者。如我们临川乡贤宋人黄鹤，继其父黄希，补注杜诗，"积三十余年之力，始克成编"（《四库全书总目》），曰《黄氏补千家集注杜工部诗史》。有父子同注一代齐名诗人者，如晚唐"小李杜"，就有清人冯浩注李商隐诗，作《玉谿生诗笺注》，其子冯集梧承继家学，注杜牧诗，曰《樊川诗集注》。也有子承父作，续写一种书者，如司马谈、司马迁父子之于《史记》，班彪、班固之于《汉书》。北宋邵伯温撰《邵氏闻见录》，其子邵博，继其父续写《邵氏闻见后录》。至于后人为先人编集子，则屡见不鲜。这是中国文化发展的一个传统。爷爷说过杜甫的小儿子宗武"对保存他父亲的遗作有一份功劳"。黄庭坚《题杜子美浣溪醉图》诗就说"宗文守家宗武扶"。但是，儿子为父亲的诗集作笺注的，耳目所及，的未曾有，或可谓古今第一例，文坛一佳话。我想，凡知感恩并"尽后死之责"的人，都值得尊敬。

萧海川

谨述于济南山东大学东区

新校南院3号楼爷爷奶奶旧居

2008年4月8日。12日增补

补记

2018年，北京出版社联系我们，拟将先人萧涤非先生《风诗心赏》《人民诗人杜甫》纳入"大家小书"丛书；将《杜甫诗选注》（普及本）和《汉魏六朝乐府选评》纳入"名典名选"丛书出版。眼光千古，雷厉风行，其心拳拳。我们深受感动，欣然赞同。由此，也引起我们对先人萧涤非先生与北京出版社几十年交谊往事的回忆。

三十五年前，1984年，北京出版社采纳刘国盈、廖仲安两先生的建议，出版了由毋庚才、刘瑞玲先生编《名家析名篇》一书（初版即达六万四千册），书中收录了萧涤非先生的《谈〈石壕吏〉》一文（原发表于《语文教学》1957年）。刘国盈先生在"前言"中指出："知人论世是分析文学作品的重要原则，那么，如何把人、世和具体作品结合在一起进行分析呢？萧涤非先生所写的《谈〈石壕吏〉》、朱光潜先生所写的《读李白诗三首》都是很好的范例。"

刘先生并指出："编选这本书，并不仅是因为作者都是名家，而是因为他们分析文章，很有些范文的价值。""具有示范性"，"通俗性的启蒙读物特别重要"，"早在三十年代，我们老一代的专家们就很重视古典文学的普及工作"，"谁能说他们的'通俗文章'没有学术价值呢？"切中肯綮，一语中的。

蒙木先生等策划的"大家小书"丛书，正是承前启后、与当年的《名家析名篇》"一脉相承"的转型升级版。袁行霈先生说，"曾经的畅销书，价值不菲的冷门书"，"这两类书都需要挖掘出来，让它们重现光芒"。蒙木先生引章太炎的话一言以蔽之："用国粹激动种性，增进爱国的热肠。"正符合新时代文化自信的迫切要求。因此我们至今对三十五年前《名家析名篇》印象深刻。

不仅如此，早在1982年前后，北京出版社编辑马达先生来信约稿，希望出一本《杜甫名篇赏析》，因为知道老先生繁忙还十分体贴地说可以请助手协助。这大概多半缘于由老先生指导并定稿、光乾执笔父子合作的两首杜诗的赏析，曾发表在《中学语文教学》杂志1982年第8、第10期上。（后收入老先生《乐府诗词论薮》一书，由齐鲁书社1985年出版，前言还注明"有两篇是和三儿光乾合写的"）其中一篇《谈杜甫〈江畔独步寻花七绝句〉》长达万言，经时任北师院（今首师大）副院长刘国盈先生亲自协调，得以全文刊发。

萧先生早年在西南联大执教，应余冠英先生之邀，作过《谈中学读诗》的演说，后发表在当时的《国文月刊》上。其中说到"我们似不能不为有志于学习本国文学的竖一阶梯"。缘此，热爱杜诗的老人家一口答应下来。指导光乾选定篇目，明确体例，立即着手进行。但由于他体弱多病，杂事繁多，《杜甫全集校注》编写工作又颇不顺，光乾教学繁忙，势难兼顾，就约请他的高足吴明贤教授加入协助。

吴明贤先生回忆说："记得毕业后，我回到四川师范大学，不久先生即给我来信，说北京某出版社要出版一本'杜诗赏析'，让我写其中的一些篇章，并开出一些具体要求的篇目。不久我就将写的稿子寄给了先生，先生不仅来信做了评论，而且在我的原稿上，小字密行，圈圈点点，做了精心修改。整个十多篇文章，修改的地方大约有200余处。""先生都一一做了精批细改，真是费尽了心血。"（《文史哲》2006年增刊。由此可证，萧先生审改《杜甫全集校注》稿，是何等的苦心经营，何等的认真程度！是不容低估甚至抹杀！）

萧先生对此一直系念于心，数次致函吴明贤教授，说："北京出版社一直没有信催我。我想，关于杜诗的稿子，你还应赶写。你也很忙。"（1984年8月10日）又说："《杜甫名篇赏析》稿，俟修改后再寄无妨。不必影响正常工作，出版社亦未催。"（1986年1月31日）（见《二十世纪的杜甫》华艺出版社2006年版）

虽然尽心竭力，但直至1991年4月15日萧涤非先生去世，马达先生退休，《杜甫名篇赏析》终未完稿。令人感激的是，北京出版社并没有放弃。1991年11月19日，北京出版社新接手的编辑韩敬群先生赐函光乾，仍谆谆以告："在马达先生移交给我的材料中，有令尊萧涤非先生的《杜甫名篇赏析》选题。此一选题，早获通过，且属系列丛书之一种，可以继续出下去。事隔多年，人事乖违，专此函问该书进展情况如何，望能赐函告知。"云云。读之真是愧恧良深。这就是北京出版社极为认真负责的崇高社风，令人感动，令人钦佩。

这次承蒙蒙木先生慧眼匠心，于"大家小书"丛书系列出版老先生的《风诗心赏》诸书，我们又根据新发现的老先生留下的新材料，认真做了若干必要的增补，并附录两篇给学生谈诗的文字，这多少总算是了结了老先生的心愿，弥补了我们的歉疚，也多少算是不负刘国盈先生、廖仲安先生的美意和北京出版社马达、韩敬群诸先生的厚爱。同时借此也算是向所有关心萧先生、关心支持帮助我们的学界老前辈、老先生诸高足和好心人的一个小小的汇报。以此尚知努力之心，向先人萧涤非、黄兼芬，向游国恩、臧克家、郑曼、任继愈、冯钟芸、廖仲安、王季思、费振刚、王运熙诸先生贤哲，由衷致意。

在策划、编写到成书过程中，要致谢的名单很长，篇幅所限，兹不罗列。仁人义举，难以忘却。不妥之处，敬请方家指正。

萧光乾　萧海川

2019年3月30日于济南

山东大学中心校区萧涤非故居

国家新闻出版广电总局
首届向全国推荐中华优秀传统文化普及图书

‖ 大家小书书目

出版说明

"大家小书"多是一代大家的经典著作，在还属于手抄的著述年代里，每个字都是经过作者精琢细磨之后所拣选的。为尊重作者写作习惯和遣词风格、尊重语言文字自身发展流变的规律，为读者提供一个可靠的版本，"大家小书"对于已经经典化的作品不进行现代汉语的规范化处理。

提请读者特别注意。

文津出版社